鷗外の花
青木宏一郎
八坂書房

はじめに

森鷗外（本名：森林太郎　一八六二〔文久二〕～一九二二〔大正十一〕）は、小説家、翻訳家、陸軍軍医などジャンルを超えて活躍しました。彼の創作の原点は、生まれ育った津和野の風土とドイツ留学で育まれた精神に由来しています。その功績や偉業は、並外れて優れた頭脳と確固たる意志とともに、睡眠時間を最少に削るという生活を続けてなし得た成果です。そのような過酷ともいえる創作活動には、鷗外ならではの鬱屈があり、それに対して理性で対処するべく努めました。しかし、全てを理性で処理しようとしても、解決できない事が生じるものです。それを解消するには、合理的な判断だけではなく、心の安堵が必要です。

そのような心の安堵をもとめた鷗外の行為について探ろうと、宗教観、自然観に根ざした作品や日記などに注目して深層の解析を試みました。そこでわかったのは、他の作家では見られない特徴、花（植物）への拘泥です。

森鷗外の著作には、四〇〇種以上の植物、延べ一五〇〇程の植物名が記されています。一作家としては異例の数であろうと思われます。鷗外の創作には、意図するか否かに関わらず、心の奥深くに存在する花が滲み出るように表れています。オリジナル作品ではない翻訳作品にさえも、彼の深層にある花が登場します。

しかし、作品を読んでいても、気にしなければ気にならないし、花が取り立てて問題にされることはほとんどありません。そのためか、鷗外の作品を理解する上で、深層に花や植物があるとまで言及した論評はごく一部に限られているように感じます。

花（植物）を慈しむ心は、鷗外の信念から生じたものです。その信念は、自然を受け入れ、敬うというものです。人間の心には意識の下に、さらに深い深層が存在し、日常生活ではもちろん、創作時にもそれとなく影響を及ぼしています。

本書では、無意識的ともいえそうな、「鷗外の花」を解析することで、鷗外の新たな一面を探ってみました。

まず、鷗外は心を癒すために、園を治します。植物とのふれあいを、日記には「園を治す」と記しています。土いじりは、自然との交わりを示すもので、鷗外ならではの行為です。

最も多く記される花はスミレです。『舞姫』『文づかひ』と合わせてドイツ三部作と呼ばれる、短編『うたかたの記』には、何と一〇回も書かれており、子供の頃から好きであったスミレは、『山椒太夫』をはじめ、ことあるごとに登場します。

次に、鷗外の作品における花が、重要な意味や存在を担っていることを紹介します。さらに、鷗外の花好きがどのように形成されたかを示し、それが家族との楽しみであったことなど、彼の人生に欠くことのできないことを確認しました。

鷗外の活動の原動力は、自己主張と見なされがちですが、実はその深層にある自然観から生じていることを見逃してはならないでしょう。

本書が鷗外作品を理解する上での一助となれば幸いです。

＊本書中の鷗外作品は、『鷗外全集』全三八巻（岩波書店、一九七一～七五）、『森鷗外全集』全九巻（筑摩書房、一九七六～七九）より引用した。その際、作品名以外の漢字の旧字体を新字体に改めた。

＊鷗外の作品に現れる植物の記載をピックアップし、『牧野新日本植物圖鑑』（一九八八）をもとに現在の植物名と分類等を書き加えて一覧表にしたものを、巻末に掲載した。

＊本書で取り上げた主な鷗外作品のあらすじを巻末にまとめた。あらすじを掲げたものは、本文中の作品名（各章の初出）に★印を付してある。

鷗外の花
目次

第一章　心を治す植物とのふれあい

◉日記に見える「園を治す」とは

はじめに、鷗外が、花（植物）にどのように接していたか、日常的な動向を日記から見ることにする。まず不思議に感じたのは、自宅の観潮楼で庭仕事をしていることはよくわかるが、具体的なガーデニング作業が記されていない。わかるのは「種を下す」、すなわち、花の種を蒔くとくらいである。沢山の草花が咲いていることから、何種類もの種子を蒔いたり、移植などをしていることは確かである。

普通なら、庭仕事として、新しく植栽するとか、株分けをするとか、そのような記述をするものである。しかし、鷗外の日記にはそのような記述があまりない。では、庭作業の具体的な作業名を示さなかったかといえば、後述する小編『田樂豆腐《でんがくどうふ》』★の中では、「雑草を抜いて」「植ゑてゐた」

「草花を造つてゐる」「あちこちに植ゑ替える」などと書いている。それなのに日記には、「園を治す」などの言葉で一括している。この「園を治す」は、初めて目にしたときから、不思議な感触を抱いていた。

そもそも、庭作業を「治す」と書いたり、話す人を、私は知らない。しかし、鷗外のことであるから、きっと深い意味があるものと模索した。「治す」ということは、新しく作るのではなく、元の形に戻すこと。あるべき姿にすることと捉えれば、辻褄が合う。鷗外には、理想の花園があり、それを求めてガーデニングを行なっていたと考えれば納得がいく。

では、鷗外の理想の花園とは、どのようなものであろうか。それは、ドイツ留学中の住まいの近隣にあった、観潮楼の花畑によく似た花園のようだ。それを確認したのは娘・茉莉《まり》で、随筆『父の居た場所』の中に、花園の情景を記している。

しかし、「園を治す」を理解するには、それだけでは物足りない。治していたのは、花園だけであろうか。私自身の経験から察すると、庭作業を終えた後には、疲れながら感じる達成感、満足感がある。さらに言えば、作業後の心地よさを求めて、気分転換をするために、あえて作業をすることがある。拘泥する頭を他に向けるため、気持ちを整理するため、混乱した心を忘れるためなど、作業は己のリフレッシュ、心を治すためであった。

作家が執筆に疲れた頭を休めるために庭作業するのは、江戸時代にも滝沢馬琴がいた。鷗外もこの例に洩れず、ガーデニングが好きであるのはもちろんのこと、心を治すには没頭するのが有効であると実感していたので、「園を治す」と記したのではあるまいか。

◉『田樂豆腐』から『興津彌五右衛門の遺書』への葛藤

『田樂豆腐』は、明治四十五年七月二十一日の夜に書き終えたと日記にある。明治天皇崩御は七月三十日であるから、鷗外は天皇が重体であることを知っていた。そのため、『田樂豆腐』は、明治天皇の死を目前にして記されたと推測される。

明治天皇の死は、明治という時代の終焉を象徴するものであり、鷗外もそれまでの自身の総括をしたのだろう。陸軍高級官僚を務める、医者、小説家であった鷗外は、国家と個人、旧体制の慣習と合理的な規範など相反する矛盾を抱えていた。それでも鷗外は、これまでの明治を感慨無量の念で治め、大正時代への期待を感じていた。『田樂豆腐』の最後に記した、「木村は近頃極端に楽天的になって来たようである。」は、それを自分に言い聞かせたものであろう。

しかし、大正元年九月十三日、天皇の大葬に合わせるように、乃木希典《のぎまれすけ》陸軍大将が殉死の遺書を残し自殺した。翌十四日、陸軍軍医の鷗外は、乃木大将の死にかかわる処置を行なった。彼との交流が深かった鷗外の受けた衝撃は、いかばかりであったろう。その四日後の十八日には、

『興津彌五右衛門《おきつやごえもん》の遺書★』を書き上げた。

乃木大将の死は、社会に大きな波紋を投げかけ、賛否両論を巻き起こした。そのような状況のなか、騒ぎになると知りながら、『興津彌五右衛門の遺書』をあえて発表したのだろう。ドイツ留学中に対面し、戦場を共にした鷗外は、乃木の置かれた立場を熟知しており、殉死の理解者としての感想を綴ったものであった。

この作品が、武士道という江戸時代の封建的な慣習の容認をしたように受け止められたことは間違いない。鷗外は、乃木希典の殉死を弁疏するうちに、単なる義理や忠孝を超えた、前時代的ではあるが当時の人が大切と思った心の存在を記そうとしたのではないか。

そして、『興津彌五右衛門の遺書』は、『阿部一族★』の発表後にほぼ全面的に書き換えられた。これは世間の批判を意識したものであり、殉死に共感する初版とは異なり、殉死に向き合う思いを綴ったものとなっている。

改稿は心底納得して行ったものではなかったが、『阿部一族』など一連の書を記すことによって、公的な立場と文学者としての面目を立てることはできた。しかし、これらの著作を世に出すことで、彼の深層にある気持ちは解れてはいない。森鷗外というより、森林太郎の心には、『興津彌五右衛門の遺書』を書かせたなんとも言い難い衝動を昇華させる、別の行為が必要であった。林太郎の心を治すのに必要であったのは、時間と、翌年熱中したガーデニング「園を治す」である。

◉心を治した「園を治す」

鷗外は、明治四十一年から中断していた日記を再び記し始めた。花や植物についての記述が少しずつ増えていき、四十五年には「終日子供と園にあり」と、庭作業を行っていた記述がある。翌大正二年になると、ガーデニングに関連しそうな日記が以下のよう増えていく。

「三月五日（水）。晴。稍暖。……芍薬《しゃくやく》の芽出づ、福寿草《ふくじゅそう》開く。」

「十六日（日）。半陰。園を治す。芍薬、貝母《ばいも》の芽長ぜり。」

「二十三日（日）。半陰。園を治す。最後の午後を訳す、妻、茉莉、杏奴《あんぬ》の三人有楽座に往く。川村正彦洋行するにより人を遣して新橋まで見送らしむ。」

「三十日（日）。晴。……午後園を治す。」

三月に入って三週連続、日曜日に庭の手入れを行っている。当時は現代のような週休二日ではないため、貴重な休日である。二十三日などは、いつものように家族揃って出かけることもせず、また見送りを自分は行かずに人を遣わしている。この熱中は、せざるを得ない衝動によるもので、庭いじりをしたことのある人でなければ理解できないかもしれない。

単に好きだからというのではなく、「園を治す」ことによって心の平静を取り戻す。まさに、鷗外は抱え込んでいる心のわだかまりを解消しようとしているのである。

乃木希典の自決前に書かれた『田樂豆腐』では、その最後の一文で、隔世の感を払拭したように見えた。しかし、乃木希典の殉死によって、鷗外は心に深い衝撃を受けた。翌年の庭作業の熱中は、まさにせざるを得ない状況に陥っていたからである。十年以上前にも、いわゆる初期三部作を書き上げたあと、花畑（花園）に熱中した時期がある。やはり抱え込んでいたものを解消し、心を整理するために「花園を修治」したのであった。

それを証明するのは、四月に入ってからの日記である。

「二日（水）。晴。桜花盛んに開く。」サクラを日記の冒頭に書き、その日の行動を綴る。

「三日（木）。晴。終日園を治す。夕より興津彌五右衛門に関する史料を整理す。」とある。

三日の庭仕事は、『興津彌五右衛門の遺書』の史料整理を後回しにするほど重要だったのであろうか。いや、鷗外の頭は、乃木希典の殉死と執筆のことで一杯ではなかったか。庭で作業をしながら、頭の中では、それらが反芻するように巡っていたのであろう。葛藤のけりを付けるのに、夕方までかかったということであろう。

このような状況は、ガーデニングを行ったことがあれば、少なからず経験するものである。そして、そのこだわりは、理路整然として解決するのではなく、気持ちとして解消するのを待つのである。庭いじり、土いじりは、わだかまっている心を自然と溶かしていく作用がある。鷗外は、三月から四週続けて「園を治す」ことで、やっと心を治すことができたのであろう。

これは今日でいう園芸療法、花や植物などの自然と実践的に対峙することで、心や体の平静を回復させるものである。まさに、ガーデニングの意義を垣間見ることができる。

鷗外の気持ちが、伸びやかになったのは、六日の日記に表れている。

「六日（日）。晴。阿部一族等殉死小説を整理す。桃、山吹咲き初む。」

この日の日記は、この短い文だけである。鷗外は、『阿部一族』の原稿を整理し終えたので、「阿部一族等殉死小説を整理す。」と記すだけで日記を止めてよかったはずである。ところが、鷗外はその後に「桃、山吹咲き初む。」を付け加えた。草花に無関心な人であれば、一見無駄のように見えるが、実は鷗外の心情を表すのに不可欠なものであった。私には、草花の開花を付け加えたことで、鷗外の何とも心地よい安堵感が伝わってくるように思えるのだが、どうだろうか。

これも、鷗外の心の奥深くに存在する花が、滲み出るように表れたものである。この草花の開花は、天候のような単なる季語にとどまらず、時として意図せず重要な意味を持つ。鷗外の深層を示すものであり、また独特の味わいを醸しだすものである。

作品の添え物ではなく、深い意味を持ち、強い光を放っている草花。後述する『山椒太夫』をはじめ、小説の中で草花が重要な役割を担っている、鷗外ならではの作品となっていることに注目したい。

◉『園芸小考』の自然景観論

明治二十九年、「園芸とはいかなるものぞ」との出だしから始まる庭園論、『園芸小考《えんげいしょうこう》』を記している。園芸の特性は、生育する植物を材料として使うことで、自然の美しさが生まれる。ただその山水の美しさは、人間の技巧によるものとしている。

園芸の効用は美しさだけではなく、「明白に美の外なる目的あり、実用あり。園芸はおほよそ人の逍遥遊覧の時に発すべき興をば残ることなく発すべきものなり。目に若葉の緑を見、耳に禽鳥の声を聞くは、猶高等なる官能を介し享くる所あるものとすべけれども、いろ〳〵の花はいふもさらなり、木立より草むらまで、そのめぐりなる空気に香を伝へて人の臭官を快からしめ、涼しき風は人の膚を爽にす。この疲れを癒し労を忘れしむる功は、固《もと》より美術的受用と同じからず。園芸に実用あることも復た疑ふべきにあらざるべし」とある。

続いて、多様な効用を解析し、さらに建築と園芸の関係に論を展開する。この芸術に及ぶ見解については、『審美綱領《しんびこうりょう》』（明治三十二）、特に「戊　美の世間位」に示される、美についての考察を参照されたい。

両書に共通するのは、著者名が森林太郎であること、理路整然と科学的な考察をしているにもかかわらず、自然は自明のことと、ノーマークである。そこには、深層にある花（植物）の基盤、自然に対する絶対的な諦観、信仰にも通じるものを感じる。彼が無宗教であると考えるのは、鷗外の名で書かれた『妄想』から推測できる。とは言うものの、神を否定するものではない。

そのような自然への洞察から導かれるのであろう、『園芸小考』には鷗外の先見性が示されている。「広く異境の草木を蒐めて、自然に背かざる変化を成就し、進みて英吉利の山水式を凌駕せんことを期せざるべからず。われは数寄屋式の国粋にを保存するを妨げず。若しその中に跼蹐《きょくせき》して我国の園芸世界に師たるに足ると云はゞ、われ遂にその可なるを見ず」とある。まだ明治時代の半ばにあって、現代では誰もが認めている、英国式風景庭園、イングリッシュガーデンを提言している。今から百年以上前のことである。

第二章　鷗外の愛したスミレ

◉『ヰタ・セクスアリス』に見る花好き

石見国《いわみのくに》津和野《つわの》藩（現・島根県鹿足郡津和野町）の藩医家の嫡男として生まれた鷗外は、幼少の頃から『論語』『孟子』をはじめ、オランダ語などを学ばされた。勉学に励む中で、自分らしいものを求めていた。それは、『ヰタ・セクスアリス★』の「六つの時であった。」で始まる文章から感じられる。

「この辺は屋敷町で、春になっても、柳も見えねば桜も見えない。内の堀の上から真赤な椿の花が見えて、お米蔵の側の臭橘に薄緑の芽の吹いているのが見えるばかりである。

西隣に空地がある。石瓦の散らばっている間に、げんげや菫の花が咲いている。僕はげんげを摘みはじめた。暫く摘んでいるうちに、前の日に近所の子が、男のくせに花なんぞを摘んで可笑しいと云ったことを思い出して、急に身の周囲を見廻して花を棄てた。」とある。

子供の頃から、花好きであったことを綴るものである。花、植物を本能的に受け入れており、その深層に自然が存在していたことは言うまでもない。彼を取り巻く環境で、鷗外が最も実感するものは津和野の自然であり、学問や世相ではなかった。

花摘みは、彼の心に豊かさをもたらす、かけがえのない楽しみであった。当時は江戸末期、近隣の長州では戦渦の消えぬ状況である。そんな時世にあって、子供であっても、男が花を摘んで楽しむことなど奨励できることではない。タブーに近く、秘め事であっただけに印象強く記憶に残っていたものと思われる。この津和野で覚えていた植物、ツバキ、カラタチ、レンゲ、スミレなどの花は、心に浸透していたのであろう、彼の作品にたびたび登場している。

なお、「男のくせに」との批判は、実は、母親・峰が日頃から言っていた言葉に違いない。「近所の子」としたのは、『ヰタ・セクスアリス』が出版されれば、母の目に、耳に入るのは避けられないという事情を考慮したためと、私は考えている。

◉最も多く登場するスミレ

鷗外の作品には、どのくらいの花（植物）が記されているだろう。植物名の現れる作品数は、一〇七点である。植物種は四一〇種程、その内、草本が二一四種程である。最も多く出現する植物はサクラで二八作品、次いでウメが二五、キクが一九などとなっている。一つの作品に同じ植物名が複数でるので、一五〇〇程あり、いかに多く植物が作品に登場しているかがわかる。

さらに、草花に限って調べると、最も多いのはスミレである。キクは、様々な野生種や園芸種があるが、それらを総称してキクと分類しているため数が多くなっている。

菫（すみれ）を記載する主な作品を示すと、『うたかたの記★』（明治二十三）一〇回、『埋木』（明治二十五）一回、『即興詩人』（明治三十五）一回、『小倉日記』（明治三十五）一回、『うた日記』（明治三十七〜三十九）一回、『青年★』（明治四十三）三回、『人の一生』（明治四十三）二回、『山椒太夫★』（大正三）一回、『日記』等二回、書簡等二回などで、計二五回程ある。

『うたかたの記』に注目するのは、作品中に「菫（すみれ）」が一〇回も記載されているからである。それも、『うたかたの記』に登場する植物名はたった四種で、草花はスミレだけ。当時のドイツで、季節外れのスミレに人気があったとの確証はなく、人気のある花なら、スズランやバラでもユリでも差し支えなかったと思われる。

主人公であるマリイをスミレで印象づけるため、鷗外はあえてスミレを登場させたのであろう。その情景は、「『ファイルヘン、ゲフェルリヒ』（すみれめせ）と、うなだれたる首《こうべ》を擡《もた》げもあへでいひし声の清さ、今に忘れず。」とある。マリイをスミレに重ねようとし、その様相を映し出している。鷗外のスミレへの思い入れを反映したものであろう。鷗外の深層にある花として、好きなスミレが思い浮かんだと推測する。

なお、物語のクライマックスに「芦にまじりたる水草に、白き花の咲きたる」と印象的な光景がある。鷗外は、白い花の名前を入れなかった。それは、主人公のマリイを前半でスミレと印象づけており、その印象を消さないためだと思う。ちなみに、白い花はスイレンであり、鷗外が名前を知らないはずはない。

◉希望を暗示する『山椒太夫』のスミレ

鷗外は、『山椒太夫』に登場させる植物を単なる添え物として記してはいない。場面に合わせ、それぞれを役割や意味を持って登場させている。

最初の頁に登場する植物は、「柞《ははそ》の林」である。柞は、カシワ、ミズナラ、コナラ、クヌギ、エノキなどを指す〝古名〟である。鷗外が「柞」を使ったのは、物語が古い時代のものだということを読者に印象づけたかったからである。この「柞」は、原作である「さんせう太夫」（『説経《せっきょう》集《しゅう》』）には記されていない。鷗外が意図して加えたものである。

その後に出てくる植物名は、「紅葉」だが、これはカエデ、モミジという植物を指すより、柞の林が色づいている様を示すものである。

続いて、『説経集』にある植物を示すと、物語の中で、山椒太夫が安寿《あんじゅ》と厨子王《ずしおう》につけた名、「姉はいたつきを垣衣、弟は我名を萱草じゃ」のノキシノブ（垣衣）とヤブカンゾウ（萱草）がある。また、厨子王が母と劇的に対面する最後の場面、「粟の穂を踏み散らしつつ、女の前に俯伏した。」に登場する「粟」も『説経集』にある。

安寿につけられた「垣衣」とは「忍草」とも書き、シノブ、ノキシノブなどシダ植物の別称である。『牧野新日本植物圖鑑』によれば、古歌にあるシノブはノキシノブとされており、ノキシノブの別名にはカラスノワスレグサがある。

厨子王の「萱草」は、ヤブカンゾウのことであろう。ヤブカンゾウの生薬名は「金針菜」で、解熱用。別名の「ワスレグサ」は、花を見ていると憂いを忘れるという故事から付けられたもので、鷗外は、当然のことながら知っていたに違いない。

鷗外が新たに加えた植物は、「柞」と「松」「葦」「菫」の四つである。「柞」と「松」は、状況描写に必要なために入れたものである。

「葦」は「枯葦」と記され、安寿と厨子王の別れの場面の前に登場し、次いで現れる「菫」との対比から書かれたものである。「枯れ葦が縦横に乱れているが、道端の草には黄ばんだ葉の間に、もう青い芽の出たのがある。」と、冬から希望の春を暗示させている。

そして、安寿と厨子王の別れの場面に「菫」を登場させる。安寿はスミレを指さし、「御覧。もう春になるね」と言う。その続きの文は、「厨子王は黙って頷いた。姉は胸に秘密を蓄え、弟は憂ばかりを抱いているので」と話を進める。ここでの植物の描写は、咲き始めたスミレが読者に希望を予感させる。「枯葉」は、冬の名残（厳しい境遇）を示し、スミレを際立たせるのに効果的である。

『山椒太夫』には植物の名が少なく、咲いた花としてはスミレだけである。物語の前半にも、花の咲いている記述があってもよさそうだが、鷗外は、あえて登場させていない。書いたのは、子供の頃から大好きであった「菫」、彼でなければ選ばない花である。鷗外は、植物にこだわりをもって、彼ならではの味わいを出し、作品の中で本当にうまく使っている。

◉最期まで愛したスミレ

鷗外がスミレを作品のあちこちに記すほど愛していたことは、家族も知っており、次のような次女・杏奴《あんぬ》の逸話からもうかがえる。

大正十一年、この年、鷗外は六十歳。五月、病身を押して奈良に出張している。そのせいもあって、六月半ばから体調不良で在宅、七月九日に帰らぬ人となる。

この頃になると、鷗外の庭は、多少荒れていたものと思われる。それでも、庭には、以前植えた草木が花を咲かせ、家族に潤いを与えていたことは間違いない。また、鷗外のガーデニングへの関心もあったようだ。昔のように、「園を治す」と一日中庭の手入れをすることはできなかったが、時折、植物にふれていた話がある。

死去四ヶ月前の三月十一日の日記は、「土。晴。参寮。杏奴随来。」だけである。鷗外は次女の杏奴と一緒に図書寮《ずしょりょう》に出かけた。

その日のことについて、杏奴は、図書寮で沢山の勉強をさせられ、その後、父から散歩しようと誘われたことを記している。

「二人は庭に出て、人のいない裏の原っぱの方へ歩いて行った。短くすりきれた枯野原が広々と続いて、枯木がぽつんぽつんと立っていた。もう沈みかけた夕陽が白い建物の一部にうすあかい光を投げ、冷い風が野原の中を荒々しく走り廻っていた。

父は大きい、灰色がかった外套を着て、ゆっくりゆっくり歩いた。

不意に立ちとどまると、父はかくしから白い象牙の、いつもの洋書の頁を切る時に使う紙きりを出して土を掘りはじめた。乾いた土がぼろぼろと散った中に、小さな菫の葉が出ていたのだ。

父の大きく震える白い手が、根ごと菫を採るのを私は見ていた。

もうじき春が来る――

スミレ

ヤブカンゾウ

私はなんとなくそう思った。

『家へ帰って、庭へ植えよう』

父は楽しい事を打明けるような小さい声でいった。」（『晩年の父』）

では、そのスミレはどうなったか、杏奴は四月半ばの頃のことを、以下のように記している。

「足袋をぬいだ素足に、太陽に暖まった板縁の感触が快く、海棠の花が一面に咲いていた。あの時とって来た菫の花も咲いた。

私はうっとりとして近くの草花を手を伸ばして自分の方に引寄せながらいじっていると、葉の裏についていた虫の卵が指に着いた。」

このスミレは、誰が移植したか、亡くなる四ヶ月前の鷗外以外考えられない。このようなちょっとした作業をするのは当たり前、それが鷗外の日常であった。

第三章　『田樂豆腐』に見るガーデニング

◉主人公・木村の庭

鷗外と花とのふれあいが、ある程度わかってきたので、『田樂豆腐★』の主人公・木村を通してさらに探る。小編『田樂豆腐』には、鷗外の自宅での庭作業の実態が反映されており、ガーデニングの方針、植物との対峙形態、さらには自然観までうかがい知ることができる。

物語は、「『あなた植物園へ入《い》らっしゃって』と、台所から細君が声を掛けた。」から始まる。植物園とは、「小石川植物園」（現在の正式名称：東京大学大学院理学系研究科附属植物園）。植物園内での話が展開する前に、木村の庭の紹介がある。

「木村は僅か百坪ばかりの庭に草花を造つてゐる。造ると云つても、世間の園芸家のように、大きい花や変つた花を咲かせようとしてゐるのではない。なる丈種類の多い草花が交つて、自然らしく咲くようにと心掛けて、寒い時から気を附けて、間々の雑草を抜いて、宿根のあるものが芽を出したり、去年の翻《こぼ》れ種が生えたりする度に、それをあちこちに植ゑ替へるに過ぎない。動坂にゐる長原と云ふ友達の持つて来てくれた月草までが植ゑてある。俗にいふ露草である。木村の知つている限りでは、こんな風に自然らしく草花を造つてゐるものは、麹町にゐる友達の黒田しか無い。黒田はそこで写生をするのである。併《しか》し黒田は別に温室なんぞも拵《こしら》へてゐて、抗抵《こうてい》力《りょく》の弱い花をも育てる。木村は打ち遣《や》って置いても咲く花しか造らない。」

この記述は観潮楼の花畑を連想させる。たぶん鷗外の庭づくりの考え方を示したものと思われる。なお、放置して自然らしくとは言っても、全く手を入れなかったわけではない。ただ放置していては、思うような花が咲く庭にはならない。

その辺について、鷗外は自身の失敗談を交えて書いている。「木村は初め雑草ばかり抜く積りでいた。併《しか》し草花の中にも生存競争があつて、優勝者は必ずしも優美ではない。暴力のある、野蛮な奴があたりを侵略してしまふようになり易い。今年なんぞは月見ぐさが庭一面に蔓《はびこ》りさうになつたので、隅の方に二三本残して置いて、跡は皆平《たいら》げてしまつた。二三年前には葉鶏頭《はげいとう》が沢山出来たのを、余り憎くもない草だと思つて其侭《そのまま》にして置くと、それ切り絶えてしまつた。」

続いて、鷗外が好きな花と思われるガンピについても書いている。

「中には弱そうに見えないのは弱くて、年々どの草かに圧倒されて、絶えそうで絶えずに、い

ハゲイトウ

ガンピ

つも片蔭に小さくなつて咲いてゐるのがある。木村の好きな雁皮《がんぴ》の樺色《かばいろ》の花なんぞがそれで、近所の雑草を抜こうとして手が触れると、折角莟《つぼみ》を持つてゐる茎が節の所から脆く折れてしまふ。」

ガンピという花は、鷗外の好みの花で、近年はあまり人気がないようであるが、江戸時代には持てはやされたセンノウの仲間（ナデシコ科）の草花である。高さは五〇センチを超える記述もあるが、三〇センチ程度、またはそれ以下である。色は、濃いオレンジ色（赤味がかった橙）で、国産の花としてはかなり艶やかな色である。鷗外はセンノウ類の花が気に入っていたらしく、戯曲『人の一生』でも、興味深い花として記している。それゆえ、鷗外は雑草を抜く際に気をつかったのであろう。

◉明治から大正時代のガーデニング事情

『田楽豆腐』は、木村のガーデニングなどを通して、当時の世相や文壇について鷗外の見解や主張を表したとするとらえ方がある。そのような視点はあるものの、ここでは鷗外の庭づくりを確認するため、当時のガーデニング事情を紹介したい。

園芸や造園界は、日露戦争後の明治三十年代末から新しい動向が芽生えていた。それまで男性が中心であった庭づくりに、家庭園芸というかたちで女性が参加するようになった。その一方で、盆栽は愛好者の層を広げるとともに、日本園芸会雑誌に『樹木盆栽論』が明治四十三年から大正三年まで発表されるなど、技術面でも充実していった。

園芸愛好者の増加に対応して、読売新聞は明治四十年から「読売園芸」という欄を作り、花の紹介はもちろん、植栽・手入れなどについて連載した。カーネーション、ジキタリス、ツヤギカンチャ、金盞花、サクラソウ、ダリアなど、取り上げる植物の種類もだんだんと増えていった。

当時の人気はダリアで、明治四十二年、初めての天竺牡丹（ダリア）展覧会が催され、翌年八月の「日比谷公園ダリア大会の前評判上々」、四十四年「ダリアの全盛　年々新種を輸入」（読売新聞）というように大流行した。

また、旧来の園芸も盛んで、四十二年の読売新聞には「今年初の盆栽会」、「園芸協会が全国菊花大品評会」など数多くの活動が掲載されている。なかでもアサガオは、「大森の朝顔会」、浅草で「朝顔会の優等作品」、「芝公園彩花園《さいかえん》の朝顔品評会」、「神田でアサガオ品評会」と特に活発であった。

盆栽は、四十三年の読売新聞に「芝の芳香園で東洋園芸会主催」、「盆栽界　柘榴《ざくろ》の季節」、「目黒花壇の盆栽会」、「柘榴大会　園芸同好会　両国」などと取り上げられている。ザクロ人気とともにラン科植物の盆栽も注目された。

大正時代に入り、ゼラニウム、カリフォルニアポッピー、アクイレジア、アキランカス、アルメリヤ、グラジオラスなど園芸植物の種類はさらに増えた。また、読売新聞では「昨今の園芸」と題していたものが「婦人附禄・素人園芸案内」に模様替えし、家庭の主婦を対象とした内容になった。

「婦人附禄」には、「薔薇の咲かせ方」という手引きがあり、「詩趣に富む秋の七草」、「髪の臭気を防ぐ　藤袴の葉二三枚」と実用的な内容も出てきた。女性のガーデニングを意識した記事は、以後さらに内容が豊かになっていった。

第一次世界大戦後の東京は好景気、園芸を楽しむ人々はさらに増加し、盛んになった。それまで忘れられていた伊勢撫子（イセナデシコ）、薬用サフラン、雪割草（ミスミソウ）などの山野草、盆景と、園芸欄で取り上げられるようになった。園芸植物の取引も盛んになり、特に盆栽は、「盆栽三百余点入札」など、バブルの様相もでてきた。

大正八年の読売新聞「婦人附禄」には、「小さな庭の花壇　素人が作るにも配置を善くして」、「これからの庭の手入　園芸趣味に富む主婦の多忙」というような記事が目につくようになった。庭づくりは、中流階級に広く浸透した。そのようなムードを受けてか、九年には「日本で初めての庭園講習会」が開かれた。さらに十年、「好評の庭園講習会」という記事がある。

それまでの「婦人附禄」の記事は、美しい花を育て観賞することにウエイトが置かれていたが、庭づくりという視点が加わった。そして、十年には「欠けている婦人向けの庭園」、十一年「築《つき》

山泉水式《やませんすい》　庭園を改良せよと生活改善」、「家庭本位　花を眺め実を賞味する果樹の庭園を作れ」というように、主婦にとって実用的な庭づくりの動きも出てきた。

◉木村から連想する鷗外の好みの変化

当時の園芸事情について、『田樂豆腐』では次のように紹介している。

「毎年草花の市が立つと、木村は温室に入れずに育てられるやうな草を選んで、買つて来て植ゑてゐた。そのうち市では、一年増に西洋種の花が多くなつて、今年は殆《ほとんど》皆西洋種になつてしまつた。毬《まり》のやうな花の咲く天竺牡丹《てんじく》を買はうと思つても、花弁《はなびら》の長い、平たい花の咲くダアリアしか無い。石竹を買はうと思つて見れば、カアネエシヨンが並べてある。花隠元を誂《あつら》へて置いて取りに往くと、スキイト・ピイをくれる。とうとう木村の庭でも、黄いろいダアリアを始めとして、いろんな西洋花が咲くやうになつた。」

鷗外自身の花畑も、同じような変化にさらされていた。だが、鷗外は、西洋花を積極的に入れようとは思っていなかったようだ。

庭に花畑をつくりはじめたのは二十年前、その頃はドイツ留学を思い出させるような、色とりどりの花を植えていた。当初の花畑の花は、明治時代としては斬新で華やかであった。ただ、大正時代になると派手な花々が輸入され、公園や庭園を彩った。鷗外は、牡丹をイメージさせる天竺牡丹(ダリア)は嫌っていなかったが、改良の重ねられた派手なダリアはあまり好きになれなかった。事実、花畑にはチューリップやバラなどが植えられた形跡はない。

鷗外は、バラはもちろん、当時はまだあまり普及していなかったチューリップについても知識を持っていた。明治四十五年六月に発表された『藤棚《ふじだな》』には、「種々の色のチュリップを咲かせた所とが最初に目を引く。」との記述がある。鷗外が、チューリップに関心を持っていたことは確かであるが、花畑の一角に仲間入りさせることはなかった。鷗外の庭の構成は、やはり鷗外の美意識が浸透していたと思われる。

鷗外の好んだ色は、同じ赤色系であっても、ガンピ（赤味がかった橙色）、センノウ（深紅色）、マツモト（深赤色）など、チューリップとは質感が違う赤であった。また、三十歳代から四十歳、五十歳と年を重ねるにしたがって、花の嗜好も変化しているようだ。日記に開花を書き留めた花も、「福寿草、杜鵑花《ほととぎす》」など徐々に日本的な花が多くなっていく。鷗外の文学作品の変化にも見られるように、明治から大正へと時代が変わると共に、西欧色の強い花より和風の花を好むようになっている。

「木村は印東《いんどう》の西洋草花《そうか》なんぞを買つて来て調べてゐたが、中には種性《すじよう》の知れないものが出来て来た。そこで植物園に往つて、例の田楽豆腐のような札に書いてある名を見て来ようと思ひ立つたのである。」

作品のタイトル「田樂豆腐」とは、植物名などを記したネームプレート、植物ラベルを指すものである。その形は、確かに田楽豆腐に似ている。

実際、明治四十五年六月二十三日（日）に、妻、茉莉、杏奴と共に小石川植物園へ出かけている。そして、七月二十一日の夜、『田樂豆腐』を書き終えたとある。これは、植物の名前を調べに行ったのだろう。というのも、日記に小石川植物園の名がでるのは初めてだからである。鷗外は目的を果たせただろうか。『田樂豆腐』の木村は、

「高野槙《こうやまき》や皐月躑躅《さつきつつじ》には例の田楽札が立ててあつたのに、此辺の草花にはそれが立ててない。木村は失望した。

十歩ばかりも進んだ時、左側に札を立てた苗床の並んでゐるのを見附けた。桔梗や、浜菊や、射干《ひおうぎ》や待宵草が咲いてゐる。併《しか》し花が咲いていて札を立てて無いのもある。札が立ててあつて、草の絶えてしまったのもある。ある草が

小石川植物園内の分類標本園

自分の札の立ててある所から隣へ侵入してゐるのもある。門にゐるお役人と同じように、花壇を受け持つてゐるお役人も節力の原則を研究してゐるものと見える。草刈女と見える女が所々をうろついてゐるが、それを指図をしているような人は一人も見えない。暫く苗床の間を廻つて見ても、今頃市中で売つてゐる西洋草花は殆ど一種も見当らない。木村はいよいよ失望した。」とある。

鷗外は、以上のような状況に「失望」して、ガーデニングへの関心が薄れただろうか。いや、それ以上に彼流のガーデニングに精を出していることは、大正二年の日記を見ればわかる。

「西洋草花の名を見に来た木村は、少しもその目的を達しなかったが、それでも不平の感じは起してゐなかつた。子供が木蔭に寝ころぶに

小石川植物園（当時の正式名称：東京帝国大学理科大学附属植物園）
（『新撰東京名所図会』第45編、明治39年より）

も、画の稽古をする青年が写生をするにも、書生が四阿《あずまや》で勉強するにも、余り窮屈にしてない方が好いと思つたからである。」とある。

これは、小石川植物園での、妻や子供たちの楽しそうな姿を見たからであろう。以後、鷗外は再三小石川植物園に出かけるようになる。

そして、『田樂豆腐』最後の文として、「木村は近頃極端に楽天的になつて来たようである。」と結んでいる。この言葉には、明治という時代の終焉を感じるものの、移り行く時代にまかせるという心境を表していると推測できる。しかし、本当に鷗外の心を治したのは、翌年の春のガーデニングであった。

第四章　植物への造詣を深める『伊澤蘭軒』

◉植物名へのこだわり

鷗外の植物への関心は、大正五年六月から東京日日新聞に連載した『伊澤蘭軒《いざわらんけん》』★に出てくる植物名を見れば、以前にも増して深まっていることがよくわかる。『伊澤蘭軒』には実に一二七もの植物が記されており、鷗外はその全てを把握している。だが、私自身は、その植物を未だ全て確認できていない。というのは、植物名は大半が漢字で表記され、現代名を確定（同定）できないからである。植物名を探る難しさは鷗外自身も感じており、そのことを『伊澤蘭軒』の本文のなかにも綴っている。

まず、植物名へのこだわりについてから紹介したい。鷗外は、「『伊澤蘭軒』その二十七」の中で、嫡子・榛軒の名について「榛軒は厚朴《こうぼく》を愛したので、名字号皆義を此木に取つたのだと云ふ。厚朴の木を榛い云ふことは本草別録に見え、又急就篇《きゅうしゅうへん》顔師古《がんしこ》の註にもある。門人の記する所に、「植厚朴、参川口善光寺、途看于花戸、其翌日持来植之」とも云つてある。……厚朴は植学名マグノリア和名ほほの木又ほほがしで、その白い大輪の花は固より美しい。」と記している。

「その三十一」では、「碓氷峠の天産植物に言及してゐるのは、蘭軒の本色である。北五味子《きたごみし》は南五味子《みなみごみし》のびなんかづらと区別する称である。砂参《さじん》は鐘草とあるが、今はつりがねにんじんと云ふ。桔梗科である。つりがねさうは次の升麻と同じく毛茛科《うまのあしがたか》に属して、くさぼたんとも云ふ。劉《りゅう》寄奴《きど》は今菊科のはんごうさうに当てられ、おとぎりさうは金絲桃科《きんしももか》の小連翹に当てられてゐる。」と記している。このような植物に詳しい文章を書くことは、鷗外でもなければとてもできないと思われる。これこそが鷗外の鷗外たる所以、彼しかない持ち味の一つと言ってよい。

植物への探求心は、「その二百九十四」に繰りひろげられている。

「わたくしは進んで楸の何の木なるかを討《たづ》ねた。

此問題は頗《すこぶる》困難である。説文に拠れば楸は梓《し》である。爾雅を検すれば、稲《たう》、楰《ゆ》、櫰《くわい》、槐《くわい》、榎《か》、楸《しう》、椅《い》、梓《し》等が皆相類したものらしく、此数者は専門家でなくては弁識し難い。

今蘭軒医談を閲するに、『楸はあかめがしはなり』と云つてある。そして辞書には古のあづさが即ち今のあかめがしはだと云つてゐる。わたくしは此に至つて稍答解の端緒を得たるが如き思いをなした。それは「楸、古言あづさ、今言あかめがしは」となるからである。

しかし自然の植物が果して此の如くであらうか。又もし此の如くならば、梓は何の木であらうか。わたくしは植物学の書について捜索した。一、楸はカタルパ、ブンゲイである。二、あづさはカタルパ、ケンプフエリ、きささげである。（以上紫蘇科《しそか》。）三、あかめがしははマルロッス、ヤポニクスである。（大戟科《たいげきか》）是に於いて折角の発明が四花八裂をなしてしまった。そして梓の何の木なるかは容易に検出せられなかった。畢竟《ひつきよう》自然学上の問題は机上において解決せらるべきものではない。

是に於てわたくしは去つて牧野富太郎さんを敲いた。」とある。

「その二百九十五」では、

「わたくしは蘭軒医談楸字の説より発足してラビリントスの裏《うち》に入り、身を脱することを得ざるに至り、救を牧野氏に求めた。幸に牧野氏はわたくしを教ふる労を慳《をし》まなかった。」

「一、楸は本草家が尋常きささげとしてゐる。カタルバ属の木である。博物館内にある。わたくしは賢所参集所の東南にも一株あつたかと記憶する。」

「二、あかめがしはは普通に梓としてある。上野公園入口の左側土堤の前、人力車の集る所に列植してある。マルロッス属の木である。」

「三、あづさは今名《きんめい》よぐそみねばり又みづめ、学名ベツラ、ウルミフオリアで、樺木属《かばのきぞく》の木である。

西は九州より東北地方までも広く散布せる深山の落葉木で、皮を傷くればぱ一種の臭気がある。是が昔弓を作つた材で、今も秩父ではあづさと称してゐる。漢名は無い。」

以上の記述を一読すれば、作品の中に登場させる植物に対して、鷗外はいかに真摯な態度で向かい合ったかが十二分にうかがえる。誤記のないように、当時の最高識者である牧野富太郎博士に師事し、学術的な検証までも行っていたからである。

鷗外が『伊澤蘭軒』に登場させた植物名については、確信を持てない植物がいくつかある。また、不明な植物もあり、例えば、「その四十一」の「汝梗の梗《へん》は司馬相如《しばしょうじょ》の賦に梗南予章《へんなんよしょう》とあつて、南国香木の名である。」の「梗」は、『樹木大図説』（有明書房）の索引で引くと、「クヌギ」の別名として記されている。しかし、「梗」は「南国香木」とあるから、クヌギではなさそうだ。結局、「梗」の現在の植物名を探し求めることはできなかった。

◉植物への関心を展開させる

植物の美しさについて

鷗外の植物への関心は名前にとどまらず、様々な事柄について記述している。まず美しさについては、「その三十二」に「紫黄相雑りて奇麗繁華限なし」と、ウツボグサやカンゾウなどとの、すなわち、紫色と黄色のコントラストの妙に触れている。「紫色と黄色」は、補色関係にあって、同じ場所に置くことで互いに引き立て合うことを、むろん鷗外は知っていた。たぶん、自庭の花畑においても、同様の組み合わせを試みていたのではないかと推測させる。

アサガオの流行

また、鷗外は、当時の造園や園芸の事情や花の流行についても『伊澤蘭軒』に記している。「その九十四」には、「牽牛花《あさがお》大にはやり候よし、近年上方にてもはやり候。去年大坂にて之番付座下に有之、懸御目申候。ことしのも参候へども此頃見え不申候。江戸書画角力は相識の貌《かお》もあり、此蕣角力《あさがおすもう》は名のりを見てもしらぬ花にてをかしからず候。前年御話申候や、わたくし家に久しく漳州《しょうしゅう》だねの牽牛花《けんぎゅうか》あり。もと長崎土宜《みやげ》に人がくれ候。卌年前也。花大に色ふかく、陰りたる日は晩までも萎《しぼ》まず。あさがほの名にこそた

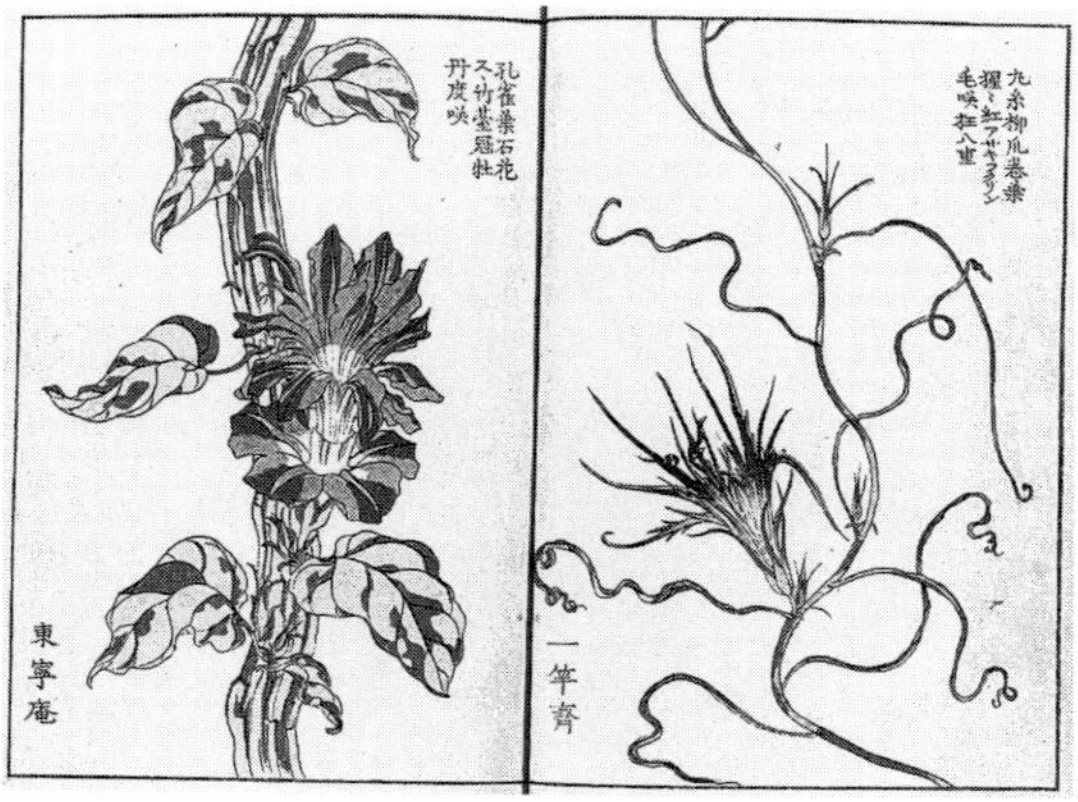

江戸時代の変化朝顔
(『朝顔三十六花撰』嘉永7〔1854〕、国立国会図書館蔵)

てれ此花は露のひるまもしをれざりけりとよみ候。其たねつたへて景樹《かげき》といふうたよみの処にゆきたれば、かかるたねあること知らで朝顔をはかなきものとおもひけるかなとよみ候よし。私はしる人にあらず､伝へゆきしなり。これは三十年前のこと也。さて其たね牽牛花《あさがお》はやるにつき段々人にもらはれ、めつたにやりたれば､此年は其たねつきたり。はやらぬ時はあり。はやる時はなし。晋帥骨相之屯《しんすいこつそうのじゅん》もおもふべし。呵々。」とある。

さらに朝顔の話は、「その九十六」､「その九十七」でも記され、「茶山は朝顔の奇品を栽培してゐたが、人に種子《たね》を与へて惜まなかつたので、種が遂に罄《つ》きた。」との記述もある。アサガオ（牽牛花）の流行については、菅茶山が蘭軒に送った書簡に記されたものだろう。鷗外の関心は、文化年間にアサガオ栽培が大流行したこと、特に奇品である変化朝顔や日中にも咲き続ける漳州《しょうしゅう》産《さん》のアサガオについても触れている。なお、漳州産のアサガオがどのような種の植物であったかは、この文からは推測できない。しかし、鷗外が記していることから、実在したことは間違いないだろう。探してみたい、突き止めてみたい気にさせる。以上のような記述は、江戸時代の園芸上貴重な情報で、鷗外でなければ書き得ないものであろう。

楠木の大木

「その四十九」では、クスノキの大木についての考証がある。「三の瀬村（嬉野市《うれしの》）の堠《こ》に十囲許《いきょ》の樟木あり。中空朽《くうきゅう》の処六七畳席を布《し》くべし。九州地方大樟《たいしょう》尤多しといへども此《かくの》ごときは未見《いまだみず》。」と続く。このクスノキは、江戸時代に日本を訪れた有能な博物学者たち、ケンペル、ツュンベリー、シーボルトなどがこぞって注目した大木である。

巣鴨の造菊

「その六十七」に、「菊の詩は巣鴨の造菊《つくりぎく》を嘲《あざけ》つたものである。武江年表に拠れば、巣鴨の造菊は前年文化九年九月に始まつて、十三年に至るまで行はれた。」とある。菊人形の流行に触れるとともに、当時、武士の中には造菊に不快感を示す者もいたことを記している。

外国の花情報

「その百二十五」には、「石蒜は和名したまがり、死人花《しびとばな》、幽霊花等の方言があつて、邦人に忌まれてゐる。しかし英国人は其根を伝へて栽培し、一盆の価《あたい》往々数磅《ポンド》に上《のぼ》つてゐる。」と紹介している。「石蒜」はヒガンバナ。現代ではヒガンバナは「リコリス Lycoris」と呼び、けっこう人気がある。花の咲く時期には、ヒガンバナを見に行くツアーが組まれるくらいである。ところが江戸時代は、ヒガンバナが忌み嫌われていたこと。それに対しヨーロッパ・英国ではヒガンバナが大流行、高額取引の対象になっていたことなどにも触れている。おそらく、ドイツ留学中に知り得たことだと思われる。留学を経験した鷗外は、日本だけでなく欧州のガーデニング事情についても、関心を抱いていた。それを『伊澤蘭軒』に書き記すのも彼ならではの所業である。

向島百花園

続く「その百二十六」には、「当時百花園は尚開発者菊塢《きくう》の時代であつた。菊塢は北平《きたへい》と呼ばれて陸奥国の産《うまれ》であつた。人に道号を求めて帰空《きくう》と命ぜられ、其文字を忌んで菊塢に作つたのだと云ふ。此菊塢が百花園を多賀屋敷址に開いたのは、享和年間で、園主は天保の初に至るまでながらへてゐたのである。」と向島《むこうじま》百花園に関する記述がある。この情報はどこから入手したものであろうか、気になるところである。「菊塢」の名前については、現在では「鞠塢」が用いられている。また、開園の年については享和年間の後、文化年間とされている。『伊

明治時代の向島百花園
（『東京風景』小川一真出版部、明治44〔1911〕、国立国会図書館蔵）

澤蘭軒』を書くにあたっては怠ることなく検証していることから、信頼できる資料のもと、確信を持って記載したに違いないのだが。

自邸・観潮楼の花園も記す

「その百九十二」には、「蘭軒の花卉を愛したことを伝へてゐる。……わたくしの家の小園には長原止水さんの贈つた苗（ツユクサ）が、園丁の虐待を被りつゝも、今猶跡を絶たずにゐる。」と、自邸・観潮楼の花畑の様子を記している。蘭軒が花好きで、ウメやモクセイ、タケ、バショウ、ヨシノザクラなどを移植や植栽したことに触れている。とくに注目したのが「鴨跖草」ツユクサで、「たうぎぼうし」トウギボウシ、「玉簪花」タマノカンザシ、「敗醬花」オミナエシなどについても記している。

息子の榛軒へと続く

『伊澤蘭軒』には、以上のほかにも植物に関する記述が数多く出現する。「その二百七十九」では、蘭軒の息子・榛軒にまで及び、「わたくしは榛軒の逸事を書き続ぐ。そして今此に榛軒の植物を愛した事を語らうとおもふ。」と植物に関する記述が続く。さらなる記述については、『伊澤蘭軒』を直接見ていただくことにして、この辺で止めることにする。植物は、この小説の主題ではないが、鷗外の関心事として欠くことのできない事象であると確信を得たと思っている。

この頃、鷗外は、体力的にも家庭の事情からも、以前のようにガーデニングに打ち込むことは無理だと感じていた。そして、その代わりに、『伊澤蘭軒』の中に自分の気に入った植物を書き入れ、好きなガーデニングをまっとうしたのだろう。

第五章　色彩に寄せる思い

◉花の色を巡って

鷗外は四〇〇種を超える植物を作品に記していることから、花の色についての記述も数多い。いくつかを示すと、ナツツバキの「白き花」、「福寿草の黄いろい花」、「青々と」、「紫花の草」、「芍薬赤き」などなど、様々な表現で記されている。

そこで、ここでは色彩に注目してみた。色彩は、植物から関連する他のものについても波及し、鷗外の関心が高かったことがわかる。

『杯《さかずき》★』には物語の中心となる登場人物の描写の中で、

「黄金色の髪を黒いリボンで結んでゐる。

琥珀のやうな顔から、サントオレアの花のやうな青い目が覗いてゐる。永遠の驚き以て自然を覗いてゐる。

唇丈がほのかに赤い。

黒の縁を取った鼠色の洋服を着てゐる。」

と、サントオレア（ヤグルマギク）の花の色が娘の瞳を強く印象づけている。作品には、サントオレア以外の花の色は記されていない。


『青年』★では、花と花色にまつわる記述が展開する。

はじめは、大きな目の少女、お雪さんの登場。

「隣の植木屋との間は、低い竹垣になってゐて、丁度純一の立ってゐる向うの処に、花の散ってしまつた萩がまん円に繁ってゐる。その傍に二度咲のダアリアの赤に黄の雑つた花が十ばかり、高く首を擡《もた》げて咲いている。その花の上に青み掛かった日の光が一ぱいに差してゐるのを、純一が見るともなしに見てゐると、萩の茂みを離れて、ダアリアの花の間へ、幅の広いクリイム色のリボンを掛けた束髪の娘の頭がひよいと出た。大きい目で純一をじいつと見ているので、純一もじいつと見てゐる。」

坂井婦人との出会いは、

「まだどこかの学校にでも通ってゐそうな厢髪の令嬢で、一人は縹色《はなだいろ》の袴、一人は菫色の袴を穿いてゐる。右の方にはコオトを着た儘で、その上に毛の厚い skunks の襟巻をした奥さんがゐる。この奥さんの左の椅子が明いてゐたのである。

純一が座に着くと、何やら首を聚めて話してゐた令嬢も、右手の奥さんも、一時に顔を振り向けて、純一の方を向いた。縹色のお嬢さんは赤い円顔で、菫色のは白い角張った顔である。……スカンクスの奥さんは凄いやうな美人で、鼻は高過ぎる程高く、切目の長い黒目勝の目に、有り余る媚がある。」

この後、令嬢の表記は「菫色」「縹色」となる。

色による描写は、「己もデカダンスの沼に生えた、根のない浮草で、花は咲いても、夢のやうな蒼白い花に過ぎないのであろうか。」と続く。

さらに、お雪さんの「黄いろい縞銘撰《しまめいせん》」「真紫のお召」。奥さんの「黄の勝つた緑いろの縮緬であつた。綿入はお召縮緬《めしちりめん》だらう。明るい褐色に、細かい黒い格子があつた。帯は銀色に鈍く光る、粗い唐草のやうな摸様であった。薄桃色の帯揚げが、際立つて艶に若々しく見えた。」など、多様な色使いが記されている。

『木精《こだま》★』では、文頭で「深山薄雪草（ミヤマウスユキソウ）」を示し、花の色を添えている。「巌

オミナエシ

ヤグルマギク

ミヤマウスユキソウ

が屏風のやうに立つてゐる。登山をする人が、始めて深山薄雪草の白い花を見付けて喜ぶのは、ここの谷間である。フランツはいつもここへ来てハルロオと呼ぶ。」

「暫《しばら》くすると、大きい鈍いコントルバスのやうな声でハルロオと答へる。

これが木精である。」

この場面の描写では、単に深山薄雪草とするだけでは弱く、「白い花」の白が不可欠である。

◉『魔睡』の「鴇色」

鷗外は、どの作品でどのような表現をしたかを、全て覚えているに違いない。色彩についても、様々な色を作品に合わせて使い分けていると推測する。同じ色を使う場合、赤や白など普通に使われる色はあまり注意しないが、一般的でない色彩は、その関連性や意味があるのではなかろうか。

そのような特別な色として「鴇色《ときいろ》」がある。この色は、明治四十二年の『魔睡《ますい》』★と四十三年の戯曲『人の一生』(原作・アンドレエフ)、この二つの作品以外には使用されていない。

まず、『魔睡』という作品は、鷗外の母と妻、嫁姑のトラブルを載せた『半日』を追うように出された。『魔睡』は、スキャンダラスな短編である。そのなかの描写に「鴇色」が二回登場する。

「小石川のお母様は、黒人《くろうと》ではないが、身分の低いものの娘であつたのを、博士の外舅《しゆうと》が器量望で、支度金を遣つて娶《めと》つたのださうだ。此の細君の容色はお母様の系統を引いてゐるのである。居ずまひを直すとき、派手な鶉《うづら》お召《めし》の二枚襲《がさね》の下から、長襦袢《ながじゆばん》の紋縮緬《もんちりめん》の、薄い鴇色《ときいろ》のちらつくのが、いつになく博士の目を刺戟した。鈴を張つたやうな、物言ふ目は不安と真面目とを現してゐる。」

この美しい細君を持った博士は、友人の医科大学教授（杉村茂）から、細君を磯貝医師へは「遣り給ふな」と忠告を受けた。

杉村が帰った後、細君がいつもと違うので話をすると、磯貝から魔睡術をかけられていたことがわかった。「博士は今年四十を二つ越した男で、身体は壮健であるが、自制力の強い性たちで、性欲は頗る恬澹《てんたん》である。それに今日に限つて、いま妻が鴇色《ときいろ》の長襦袢を脱いで、余所《よそ》行の白縮緬《ちりめん》の腰巻を取るなと想像する。そして細君の白い肌を想像する。此《この》想像が非道《ひど》く不愉快であるので、一寸《ちよつと》顔を蹙《しか》める。」

以上のように、主人公（法科大学教授・大川博士）の妻が、医師に催眠術をかけられ、性的な被害を受けたような記述がある。その妻の下着の色が「鴇色」であった。そして、鷗外の妻・志げにも、似たような事件が実際にあり、この小説の下地になっている。

鷗外にとっての妻は、最愛の花であり、その美しさを「美術品」とまで言わしめている。他人には、

センノウ

マツモトセンノウ

指一本たりとも触れさせたくないと思っていたに違いない。

◉翻訳戯曲『人の一生』の「鴇色」とセンノウ

戯曲『人の一生』(原作・アンドレエフ)は、『魔睡』の発表六ヶ月後に、雑誌『歌舞伎』に五回連続で掲載された。そのなかに、奥さんが着衣した衣類の色として、「鴇色」が三回登場する。最初は、

「○御覧なさい。あの卓には花が挿してあります。奥さんがあの鴇色の上着を着て、顎を出して、田舎道へ散歩に出て、摘んで来たのでせう。まあこの御影草を御覧なさい。露が干ずにゐます。
○これは赤い剪秋羅《せんのうげ》ですね。
○ここに菫もありますわ。
○これは只の草ですね。
○その花に障るのはお止しなさいよ。その花の上には、あの奥さんのキスが残ってゐるのですからね。その花を取って散かしてはなりませんよ。その花の上にはあの奥さんの息が掛かってゐるのですからね。そばに寄って息をしかけても、あの人達の息が逃げて行ってしまひさうですから。物体ないのです。障るのはおよしなさいよ。障るのはおよしなさいよ。

○今に御亭主が帰つてこの花を見るでせう。
○そして奥さんのキスを花の上から受け取るでせう。
○奥さんの息を花の上から吸ふでせう。」
この少し後の二つ目の記述、
「○ わたしは鴇色のリボンを持って参りました。これを髪にかけたら、さぞ美しく見えるでせう。」
そして、さらに先に
「○お前さんはもう忘れてしまったかい。あの鴇色の上着を着て、顎を出してゐた時の事を。
○それからあの草花のことを。まだ露の乾かない、みかげ草が生けてあつたつけね。それから菫に、青い葉つぱに。」
以上のように、『人の一生』では三回もある。「鴇色」を登場させるのは、鷗外に何らかの理由があるように感じる。まず、『人の一生』は鷗外の原作ではなく訳本である。トキ（鴇）は、学名(*Nipponia nippon*) が示すように、西ヨーロッパには生息しない。「鴇色」は、日本の伝統色であり、ドイツ語を直訳したものではない。鷗外が意図をもって、何かを連想させるため使用したと推測する。

さらに言えば、『人の一生』に記された花、「剪秋羅華（センノウ）」「菫」も原作とは異なる。

スミレはともかくとして、センノウは西欧人にはナデシコほど知られておらず、鷗外の好みによるものだろう。センノウは鷗外の好きな花で、日本的な艶やかな美しい花である。妻・志げの美しさをセンノウに重ね合わせることは自然である。そのセンノウを誰にも触らせたくないという思いがあったことを感じ取ることができる。

第六章　子規、漱石の庭

◉正岡子規に種を送る

鷗外は、東京での生活にもなれた明治二十二年一月、下谷根岸金杉《したやねぎしかなすぎ》百二十二番地（後の下谷区上根岸町八十八番地）の借家に入居した。それは、赤松登志子との縁談が持ち上がり、結婚後の新居とするためであった。妹・喜美子の「次ぎの兄」（『森鷗外の系族』）によれば「まだ新しく中々上手に出来ていました。『よくこんな家がありましたね』といいますと、『いや大失敗でね。静かだと思ったら汽車が騒がしいので叱られたよ』」とあるように、せっかく引っ越したのに新婚早々引っ越すことになった。

根岸の家に住んだ期間は短く、庭いじりなどの余裕はなかった。ただ、この家は、明治二十五年、正岡子規が東京に初めて住んだ家（同番地）の隣家であった。その後の住まいとなる「子規庵」（上根岸町八十二番地）は、西に五〇メートル先にある。鷗外と子規は、句会に同席するなど交流が深く、「子規庵」の立地条件をよく知っている鷗外は、花の種を送りその成果を手紙で受けとっている。

また、子規の『小園の記』（『子規全集』十二巻）にも、「去年の春彼岸やゝ過ぎし頃と覚ゆ、鷗外漁《りょう》史《し》より草花の種幾袋贈られしを直に播きつけしが」とそのことを記している。

鷗外は、子規の花好きを知った上で、ガーデニングを薦めようと花の種を送ったのだろう。送ったのは、正岡子規の書簡によれば、明治三十年春（三月下旬）のことである。子規が鷗外に依頼したものではなく、鷗外の方から送りつけたことは間違いない。子規は病身の身でありながら、送られた種を蒔いていることから、草花にひ

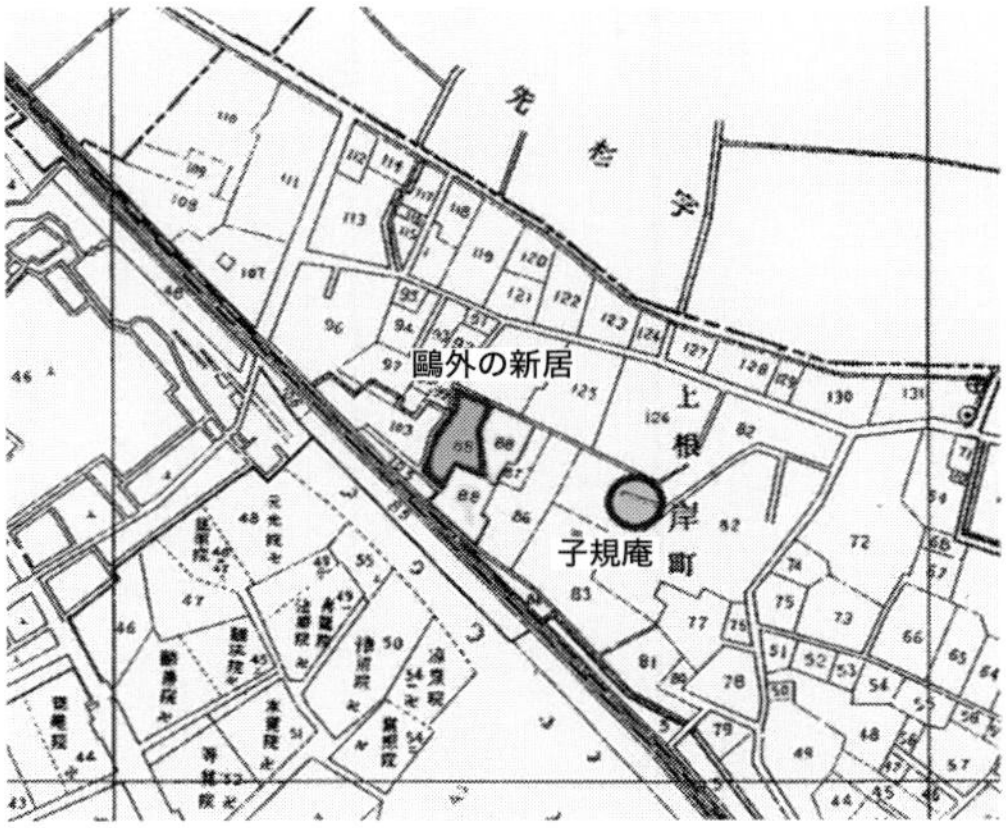

結婚後の新居「下谷根岸金杉 122 番地」（後の下谷区上根岸町 88 番地）。正岡子規が東京に初めて住んだ家は同番地の隣家である。子規庵は近隣の上根岸町 82 番地（「地番入東京全図　明治 44 年　谷中・日暮里」より）

ときわ関心が高かったと思われる。

と言っても、子規は鷗外ほど栽培に熱心ではなく、日記に逐次記すというようなことはしていない。それでも、その年の『病牀手記』九月六日の日記には、「庭前ノ萩僅カニ咲キ始メタリ」（『子規全集十四巻　評論日記』）と書いている。

子規は、鷗外から送られてきた種子を「子規庵」の庭に蒔き、どのような花が咲くかを楽しみにしていた。しかし、その結果は、十一月七日付の森林太郎宛の書簡に「此春御恵贈の草花の種早速蒔置候処、庭狭く草多き為にや初より出来わるく、十分に発育したりしは百日草のみ、射干は三寸余にて生長をとゞめ、葉鶏頭は只一本だけ一寸ほど伸び候のみ誠に興なき事に有之候。」（『子規全集』十九巻　書簡二）とあるように、惨憺たるものであった。

送付した種子は、すべて鷗外の庭に生育する植物で、前年（明治二十九）に採取したものであろう。発芽したのは、ヒャクニチソウ、ヒオウギ、ハゲイトウの三種だけ。他の花の種も送られてきたが、比較的強い植物しか生育せず、花の咲いたのはヒャクニチソウだけだったと思われる。なお、ヒオウギは発芽した年は花芽を付けず、翌年に咲くことから、決して生育が悪いわけではない。

また、「葉鶏頭（ハゲイトウ）」とあるが、鷗外の「花暦」、『三十一年日記』にはハゲイトウの記載はない。葉鶏頭は生育が悪く、判別しにくかったので、本当はケイトウ（鶏冠花）であったのではなかろうか。

子規は、『小園の記』に「我に二十坪の小園あり。園は家の南にありて上野の杉を垣の外に控へたり。……始めてこゝに移りし頃は僅に竹藪を開きたる跡とおぼしく草も木も無き裸の庭なりしを……小松三本栽ゑて稍物めかしたるに、隣の老媼《ろうおう》の与へたる薔薇の苗さへ植ゑ添えへて……今小園は余が天地にして草花は余が唯一の詩料となりぬ。余をして幾何か獄窓に呻吟《しんぎん》するにまさると思はしむる者は此十歩の地と数種の芳葩《ほうは》とあるがために外ならず。」とあり。

庭の図と共に、「ごてごてと草花植ゑし小庭かな」と添えている。

◉猫の庭

『舞姫』や『うたかたの記』を発表した明治二十三年、鷗外は、十月に本郷駒込千駄木町五七番地（現・文京区向丘二―二〇）に移り、その家を「千朶山房《せんださんぼう》」と呼んだ。おもしろい

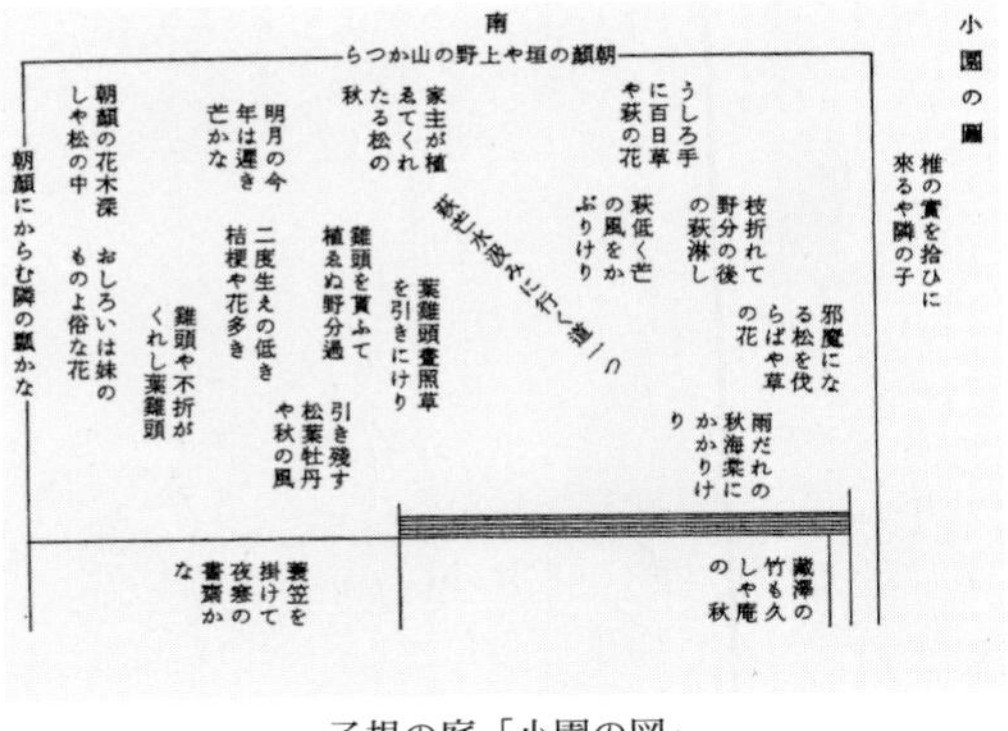

子規の庭「小園の図」
（『小園の記』〔『子規全集』12 巻〕より）

ことに、この家は後に夏目漱石が住み、『吾輩は猫である』を書いた場所でもある。そのためもあって、この家に関する資料は、それまで住んだ家に比べて多く残っている。

当時の建物は犬山市の明治村に移築され、本郷駒込の跡地には、日本医科大学同窓会館が建てられているが、『目で見る日本医科大学七十年史』には、図や写真が載っている。敷地はさほど広くないが、庭もあり、日当たりも良く、ガーデニングにはもってこいの場所であったと思われる。

鷗外がこの場所を選んだのは、その佇まいにあったと推測する。引っ越す前に住んでいた上野花園町十一番地（現・台東区池之端三―三―二一）の家は、妹・喜美子によれば、「鳩が二羽来ています。こんな狭い庭にと思いました」と、『鷗外の思い出』に記している。庭もあったようだが、

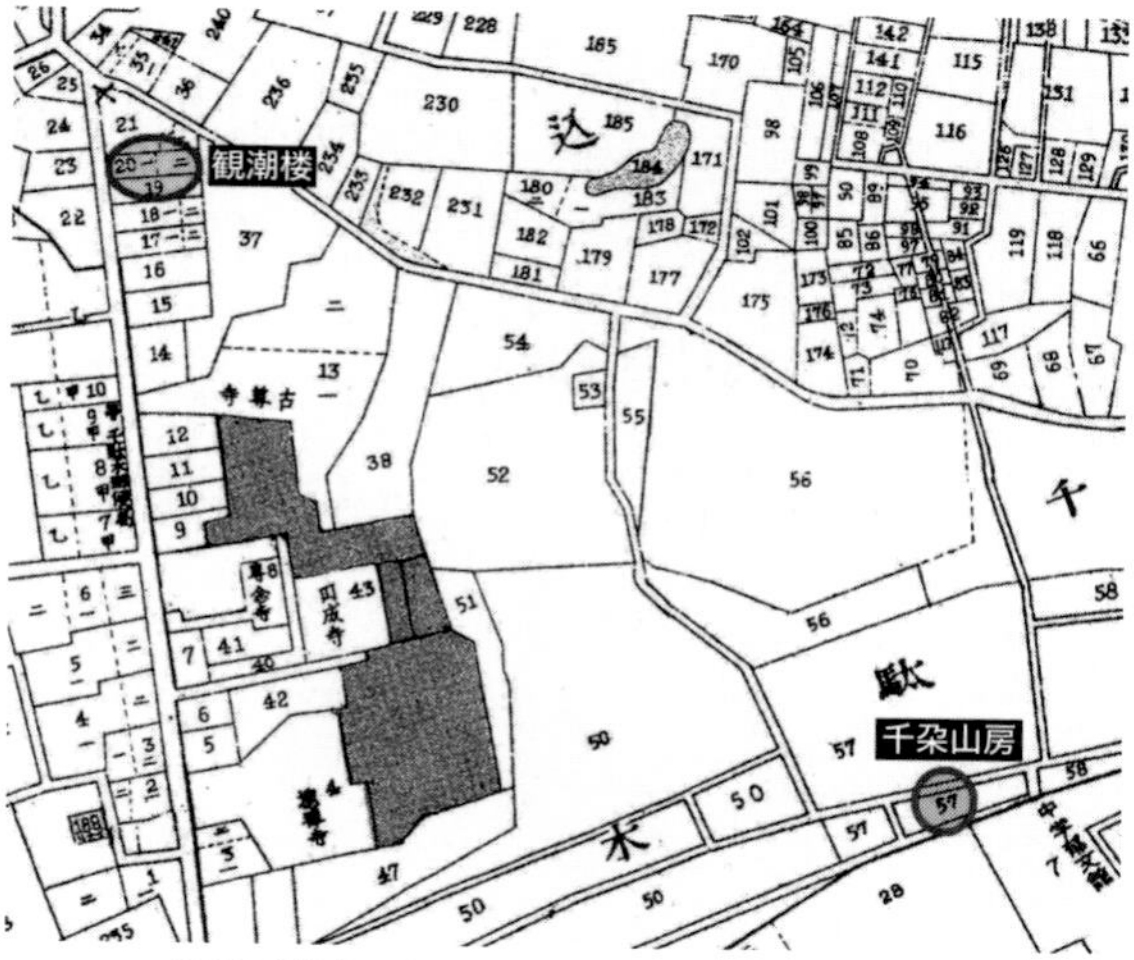

駒込千駄木の住まい「千朶山房」と「観潮楼」
（「東京郵便局　東京史15区地番界入地図　明治40年調査」より）

本郷駒込千駄木町にあった漱石の住居
（『目で見る日本医科大学 70 年史』〔昭和 48 年〕より）

とりたてて注目すべきものではなかったようだ。

それに対し、「千朶山房」の家は、伸びやかな環境で、潤いを感じたのだろう。ただ、引っ越したのが晩秋で、翌年咲く花の播種はむずかしかった。また鷗外自身が多忙であったこと、住んでいた期間も一年三ヶ月と短く、腰を据えて庭をつくる気にはなれなかったと思われる。

漱石が同じ家を選んだのは、鷗外と同様にその佇まいを気に入ったからであろう。偶然ではあるが、両人が気に入る家であったことは間違いない。

その後に住んだ漱石は、庭いじりにはあまり関心がなく、もっぱら猫の遊び場となっていたようだ。『吾輩は猫である』（以下書とする）に登場する庭は、「竹垣を以て四角にきられて居る。椽側と平行して居る一片は八九間もあろう、左右は双方供四間に過ぎん」とある。細長いが一〇〇平方メートル以上、花壇をつくろうと思えば十分な広さであり、猫が運動するには格好の場である。

書には、「吾輩の家の裏に十坪ばかりの茶園がある。広くはないが瀟洒とした心持ち好く日の当る所だ。うちの小供があまり騒いで楽々昼寝の出来ない時や、あまり退屈で腹加減のよくない折などは、吾輩はいつでもここへ出て浩然の気を養うのが例である。ある小春の穏かな日の二時頃であったが、吾輩は昼飯後快よく一睡した後、運動かたがたこの茶園へと歩を運ばした。茶の木の根を一本一本嗅ぎながら、西側の杉垣のそばまでくると、枯菊を押し倒してその上に大きな猫が前後不覚に寝ている。」とある。

こんな所に茶園？　と思われるかもしれないが、『明治庭園記』に「江戸旗本屋敷上地に付て、庭園破壊し、桑茶植附の事」と記されているように、明治二年、東京府による殖産振興策として茶の栽培が奨励されていた。それが二〇年後になっても、東京のあちこちには残っていた。

さて、書には、庭の植物名がいくつか登場する。アオギリ、キリ、サザンカ、ヒノキなどの樹木と、枯菊が散見されとあるが、この程度の植物では、漱石の庭は、鑑賞に耐えうる庭とは思えない。しかし、猫にとっては、葉を繁らせたアオギリが蟬取り場となり、まさに〝我が輩の庭〟であった。

それでも、漱石にとっては、「この垣の外は五六間の空地であって、その尽くるところに檜が蓊然と五六本併んでいる。縁側から拝見すると、向うは茂った森で、ここに往む先生は野中の一軒家に、無名の猫を友にして日月を送る江湖の処士であるかのごとき感がある。」とある。

第七章　鷗外の花好きを育む

◉庭と盆栽好きの父の素地

鷗外の花好きは、両親の血筋から受け継いだものである。父・静男《しずお》は、天保七年（一八三六）の生まれ、石見国津和野《いわみのくにつわの》藩の御典医で、三十歳過ぎまで丁髷を結っていた江戸時代の人物である。趣味が盆栽、庭や植物が好きであったことは、妹（小金井喜美子）の手記に記されている。

明治五年（鷗外十歳）に、侍医として仕えていた藩主が東京に移り住むことになり、静夫もそれに伴って上京。当初、向島小梅町の亀井家下屋敷内に住み、次いで家族と共に旧小梅村八十七番地の借家に引っ越した。明治八年、森家は小梅村二三七番に二三〇坪くらいの屋敷を購入した。その家は茅葺で、庭や畑があり、十四歳の頃、夏休みに寄宿先から向島の家に帰った鷗外は、「僕

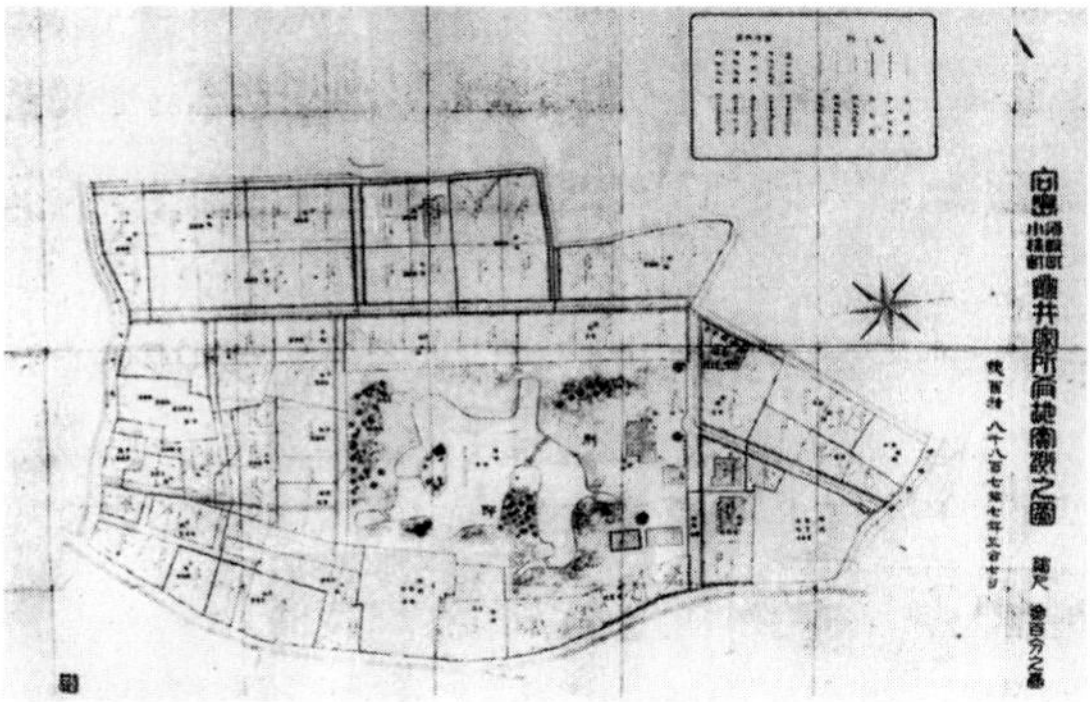

上京後に最初に住んだ亀井家の下屋敷の図

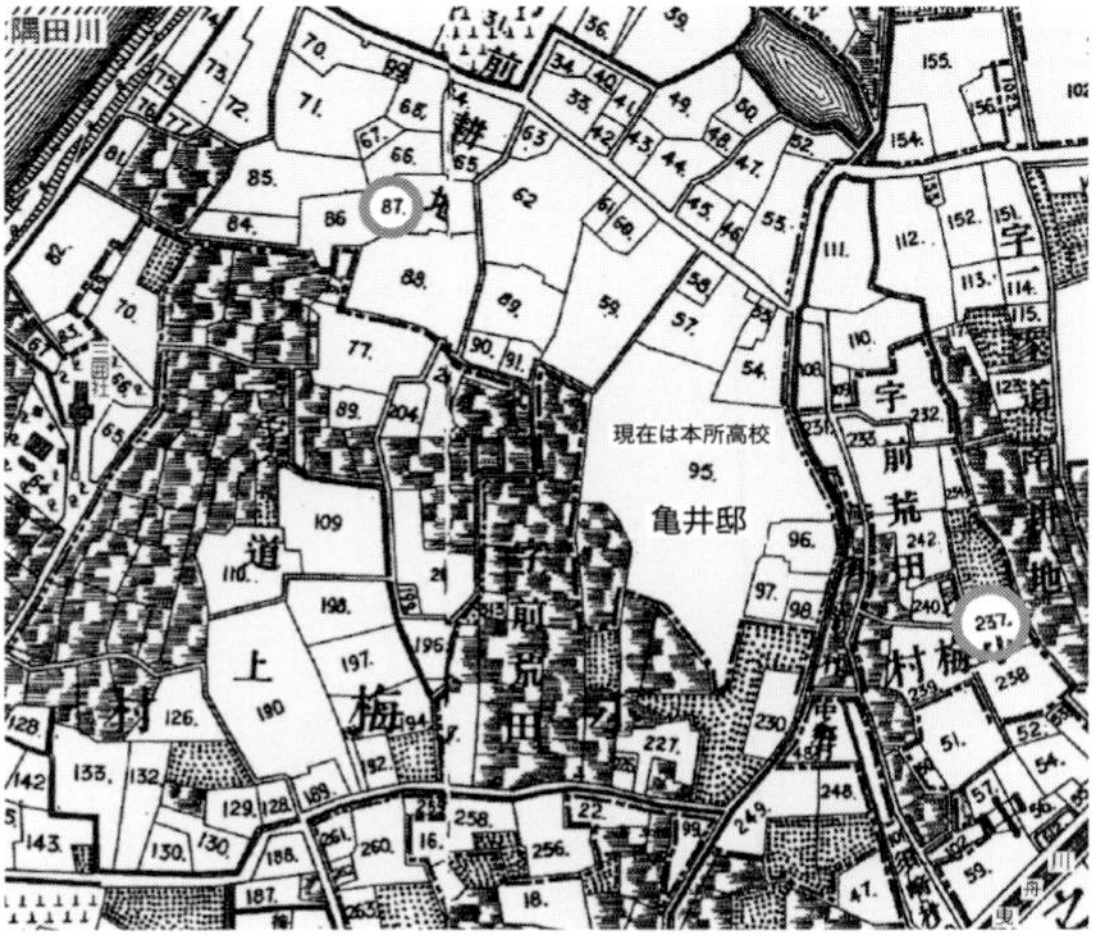

明治 8 年、小梅村 237 番の庭のある住まいに移り住む
(「明治 20 年 9 月版権届　内務省地理局」より)

のお父様はお邸に近い処に、小さい地面附の家を買つて、少しばかりの畑にいろいろな物を作つて楽しんでをられる。」と、『キタ・セクスアリス』に書いている。

静男が小梅村の屋敷を求めたことを、喜美子は「向島界隈」（『鷗外の思い出』）で、次のように書いている。

「今度の家は大角とかいった質屋の隠居所で、庭道楽だったそうで、立派な木や石が這入っていました。人の話を聞いてお父様がお出かけになって、一度御覧になったらすっかりお気に入って、是非買うとおっしゃいます。曳舟の通りが田圃を隔てて見えるほど奥まった家なのですから……今少し出這入のよい場所を探したらと止めてもお聴きにならないで、とうとうそこになったのです。庭の正面に大きな笠松の枝が低く垂下って、添杭がしてあって、下の雪見灯籠に被っています。松の根元には美しい篠が一面に生い茂っていました。その傍に三坪ほどの菖蒲畑があって、引越した時にちょうど花盛りでした。紫や白の花が叢がって咲いていましたので、お母様が荷物を片附ける手を休めて、『まあ綺麗ですね』と、思わずおいいになると、お父様は、それ見ろとでもいいたそうに、笑って立っていられました。

門前には大きな柳があり這入った右側は梅林でした。梅林の奥に掘井戸があります。向島は湿地で、一体に井戸が浅いのです、それでも水はよいのでした。お父様はお茶が好きなので、水のよいというのをお喜びです。その井戸に被さるようになった百日紅の大木があるのが私には珍しくて、曲った幹のつるつるしたのを撫でて見ました。庭と井戸の境には低い竹の垣根があって、見馴れない蔓がからんでいますのを、『これは何でしょう』と聞きましたら、お父様は、『それは美男葛《びなんかずら》といってね。夏は青白い花が咲くのだ。もう莟があるだろう。実が熟すと南天のように赤くて綺麗だよ。蔓の皮を剥いで水に浸すと、粘が出るのを髪に附けるだとさ。それで美男葛というのだろう』とおっしゃいました。

柿の木もあり、枇杷もあり、裏には小さな稲荷様の祠もありました。……お国を出てから今日まで我慢をしていらっしゃったのですから、お父様はお家の時はいつもお庭でした。」

と、自分の庭を持って満足した静夫の様子がわかる。

明治十二年（鷗外十七歳）一家を挙げて千住北組十四番地（後の千住一丁目十九番地）に移る。新居の様子は、「小路を這入つて厭になる程行くと門につき当る。黒板塀で取廻した屋敷であつた。……平屋ながら屋根が高く天井の上に物を置くやうになつてゐた。建坪も余程有るが、診療所、待合室、薬局、書生部屋、車夫部屋とをとつてしまつては、住ひの方が割合狭くなつてゐた。……庭はあるが、樹木は少なかつた。お父う様のお好きな大小種々な植木鉢を、段を栫えて並べてから大分賑やかになつた。裏は深い堀で、刎橋を下ろして出ると、向こうに藁葺《わらぶき》の百姓家が五、六軒ある。」（妹・喜美子の「千住の家」『森鷗外の系族』）とある。

また、「千住の家は町からずっと引込んでいて、かなり手広く、板敷の間が多いので、住みに

明治12年に転居した千住の家（北組14番地。後の千住1丁目19番地）
（「明治44年調査　東京市近傍郡部町村界入地図」より）

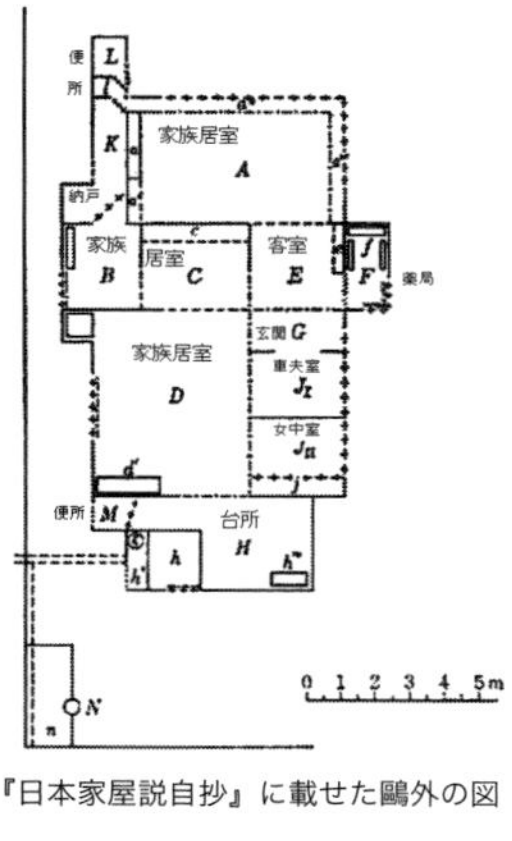

『日本家屋説自抄』に載せた鷗外の図

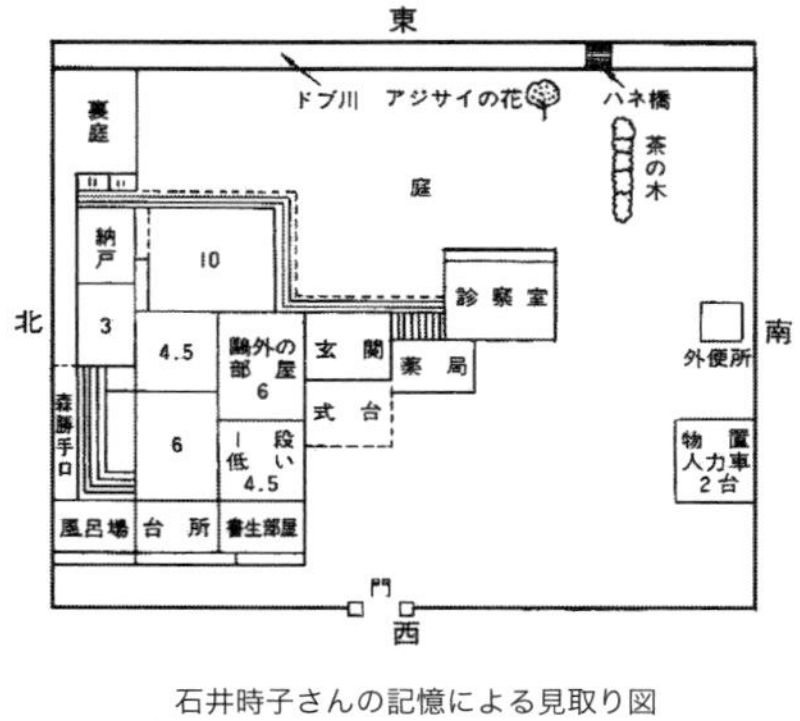

石井時子さんの記憶による見取り図
（「朝日新聞」昭和31年7月4日付に発表）

『カズイスチカ』（明治44）に登場する千住の住まい

くいからと畳を入れたり、薬局を建出したり、狭い車小屋を造ったりしました。ちょうどその辺に大きな棗の木と柚の木とがあったので、両方の根を痛めないようにと頼んだのでした。……庭を正面にした広い室に大きな卓があって、その上には、いつも何かしら盆栽が置いてあります。」と「薬師様の縁日」（『鷗外の思い出』）に記している。

この文から推測すると、鷗外が住んでいた頃の家は、ドイツ語で書いた『日本家屋説自抄』に示した間取りであろう。なお、朝日新聞（昭和三十一年七月四日付）に発表された図（石井時子さんの記憶による見取り図）は、増改築後のものと思われる。

また、「森於菟《もりおと》に」（『森鷗外の系族』）には、「お兄様の書斎は北向の六畳でした。……障子を開けると隣は空地で、囲いの内には棕櫚が二、三本聳えておりました。お花の切り残りを挿したのが育って、山吹や小手毬が春は綺麗ですし、また秋海棠《しゅうかいどう》が手入れもしないのに、土どめの龍の鬚の間にまじってずんずん広がりました。」と、庭の一部が紹介されている。庭の手入れは、父・静男が行っていたようで、

「お父様は庭いじりをなさいます。松とか石榴《ざくろ》とか、盆栽物の手入が何よりもお好きで、気に入ったのを代る代る家へ入れて眺めながら、濃いいお茶を召上るのがこの上ないお楽しみでした。……夕食後にはお兄い様も庭へ下りて土いじりをなさいます。

『この松の枝振りを見ておれ、苔付もいいだろう。』

『大変によくなりましたね。』

おっしゃるけれど、ほんとうはそんなのはお好きではないので、奥庭は嫌われるからと、前の庭へ芥子《けし》を一面にお蒔きになった事もありました。」と書いている。これは、明治十四年、卒業を前にして肋膜炎を患い、千住に移っていた十九歳頃のことであろう。鷗外は、ケシの種を蒔き花園か花壇を作ったのだから、その頃も花好きだったのだろう。これが記録に残っている鷗外最初のガーデニングのようだ。

なお、静男は庭の広さが小梅村当時より狭くなったためか、盆栽に興味を持ち始めた。その様子は、『カズイスチカ』★（明治四十四）に「診察室は、南向きの、一番広い間で、花房の父が大きい雛棚《ひなだな》のような台を据えて、盆栽を並べて置くのは、この室の前の庭であった。病人を見て疲れると、この髯《ひげ》の長い翁《おきな》は、目を棚の上の盆栽に移して、私《ひそ》かに自ら娯《たのし》むのであった。待合《まちあい》にしてある次の間には幾ら病人が溜《た》まっていても、翁は小さい煙管《きせる》で雲井を吹かしながら、ゆっくり盆栽を眺《なが》めていた。」と書かれている。この「花房の父」のモデルは、鷗外の父であることは言うまでもない。静男は、診療室に盆栽を持ち込むほど熱中していた。

◉庭を愛する母の営み

鷗外の母・峰子も庭にはひとかたならぬ愛情を持ち、庭作業に勤しんでいた。そのことは、鷗外が日露戦争に出征している期間（明治三十七～三十九）に、観潮楼の庭や植物の状況を、日記に記していたことからもうかがえる。それを読むと、鷗外の庭や花好きの資質は、母の血筋も影響していることがわかる。そこで、庭や植物に関連しそうな、峰子の日記を紹介する。

・明治三十七年

「四月二十六日　……花園の花損するを直す。」（峰子が「花園」と呼んでいるのは「花畑」である。）

「三十日　晴、植木屋花物を植変をする。」

植木屋が来て、花の咲く植物を移植している。なお、「花物」に草花も含まれていると思われるが、これについてはよく分からない。

「五月十九日　晴、庭をはく。」

「廿三日　晴、表の掃除。此頃何事も無し。」

「六月廿二日　久々にて花園の草抜く、さらの木に花咲く。」

花畑の除草、たぶん時々行っていた作業なのだろう。ナツツバキが咲いた。峰子は、庭に咲く花を毎日のように見ているが、日記に記すのは初めてである。

「七月七日　けふは、宅の庭の手入」

月に一度くらいの割合で手入れをしていたのであろうか。

「十九日　入谷に朝顔を見に行く。……朝顔より花やしきの西洋花美し。」

入谷から浅草へと出かけた峰子は、花屋敷で花壇の花を見たと思われる。

「八月七日　……花園の草花、人の丈よりも高く、出来いろいろの花咲て人々の目を悦ばす。」

「八日　……午前　庭掃除をする。」

「九日　晴、今朝は、朝顔の花二鉢にて四十五咲く。」

これは、入谷の朝顔市で買ったものか。よく咲いているようす。

「九月一日　……草花は色かわり行く中に、鶏頭丈は次第に赤く成り」

「十二日　朝、庭掃除をする。」

「廿八日　庭掃除をする。」

「十月七日　曇り、けふより植木や来る。垣根の竹等持込」

以後、植木屋が入り、垣根造りを主に庭の手入れが行われる。

「十日　……夕方より風猶烈しく花園はあはれなり。」

「十一日　晴天となる。けふも垣根をする……酒屋との間八間計り出来る。」

「十二日　曇り、けふも植木や来る。」

「十三日　……午後に植木や来」

「十四日　……表門前の右方垣の無き方よろしければ、銀杏の木迄は本の通りの垣をし其先はまるく大竹の四ツ目にする。」

「廿日　曇り、表に植木や石をするゑる。」

「廿七日　植木や来る。」

「廿八日　朝、駒込の石屋に行く。飛石をするゑる考へなりしが、けふ戦地より来たる手紙を見れば、敵と対在して居る由なれば、何と無く心配故飛石をするゑる気の無く成る。その日にて垣も刈込みも済みなれば暫く休むこととする。」

これが植木屋の最後の作業であろう。

「十一月五日　……庭掃除。」

「十五日　朝は、庭掃除。」

「十二月七日　……花壇の片付けをする。」

「九日　……午後より屋敷中の掃除をする。落葉山の如し。」

以上が明治三十七年の庭に関連する日記である。喜美子によると、母の峰子は、暇な時はしじゅう庭にでて草むしりをしていたとある。したがって、日記に記されている作業は、かなり本格的なものであったのだろう。

またこの年、峰子によって南側の主庭に飛び石を敷く計画が立てられ、翌年に完成。南側の庭は、夫・静男の意を受けて造られたものと思われ、峰子も愛着が強かったのではなかろうか。

・明治三十八年

「三月十一日　表庭の掃除。」

「十三日　曇、花園の掃除を始め十二時迄掛る。」

花畑の片付けは前年にしており、その後の枯れた草や葉を掃除したのであろうか、庭の作業で午前中を潰している。

「四月八日　……今日は上天気ゆゑ植木屋来て種をまく。……けふ支那の草花の種もまきて見たり。はえたらおもしろし。」

花畑の花の種は、鷗外がドイツから持ち帰ったと、茉莉は言っているが、植木屋から入手した可能性が高い。また、鷗外が不在の年は、植木屋によって花畑がつくられていたようだ。花畑の花は、自然に消えて行くと同時に新たに増えるものもあり、少しずつ変化していたのだろう。なお、支那の草花については、峰子が種を蒔いたものと思われる。彼女もまた、花畑のどこかに自分のコーナーをもっていたようだ。

「九日　……朝庭の掃除をする。」

「五月十五日　朝掃除をする。」

室内の掃除か庭の掃除なのかは不明だが、一月以上掃除をしていないので、おそらくこれは庭掃除であろう。

「六月四日　……庭の掃除をする。」

「六日　……夕方きのふ買置きたる草花のなへを植る。」

また、新しい花が増えたようだ。

「七月一日　……朝より半兵を呼び掃除をする。」

半兵は、出入りの植木職人で、森家のでは庭仕事だけでなく雑用も行っていたようだ。

「十九日　……植木や壱人来る。」

「廿四日　……今日で植木や終り。」

「八月十日　久々にて庭掃除をする。」

「十二日　土蔵前の庭をはらふ。」

蔵の中の蔵書を干すために、土蔵の前に植えたあった植物を撤去したものか。

「九月廿五日　……百花園に行き、草花の種を求む。」

向島百花園には、時々出かけており、この日は草花の種を入手。ただし、何の花を、いつ蒔いたかは不明。

「十月五日　同晴、庭の掃除をする。」

「十五日　……石屋は石を持込」

「十六日　雨天、植木屋半兵壱人来る。小降りなれば松の手入れ」

「十七日　晴、植木や来る。」

「廿日　……けふ植木や来たらず、」

「廿一日　晴、植木や来る。」

「廿七日　植木や終る、袖垣《そでがき》迄出来る。」

「廿八日　植木やの仕事済み漸く裏表の掃除をする。」

「十一月十六日　晴、庭の落葉をはらふ。」

以後、二十二日、二十三日、二十五日にも落葉の掃除をしている。

「十二月十五日　花園の枯をとり、落葉を掃ふ。」

この年、鷗外の庭では、石が入るなど改造が行われた。それ以後は、庭の形はあまり変わらず、子供たちが思い出として抱く庭になる。

この峰子の日記から、鷗外の留守中、観潮楼の庭は様々な花を咲かせ、荒れるどころかさらに美しくなっていたのがわかる。また、植木屋の関わりや、峰子がまめに手入れをしている様子などもわかる。母も庭好きで、この血筋も鷗外は受け継いでいると推測する。

◉鷗外の庭園観を醸成したお殿様の庭

版籍奉還、徴兵制、四民平等と、明治時代になってすべてが大きく変化したと思いがちだが、人々の生活様式は急激には変わらなかった。明治になっても、東京の亀井家の下屋敷には、庭の付いた家に家臣が住んでいた。そこには、江戸時代の滝沢馬琴の住まいのように、縁日で植木を求め、植えて楽しむ変わらぬ様子が続いていた。また、藩主であった亀井茲監《かめいこれみ》は、伯爵になっても大名庭園を築庭する趣味を持ち続けた。

その頃の下屋敷内の様子を、鷗外は『ヰタ・セクスアリス』に、「お長屋には、どれも竹垣を結い廻らした小庭が附いてゐる。尾藤の内の庭には、縁日で買って来たやうな植木が四五本次第もなく植ゑてある。日が砂地にかつかつと照ってゐる。御殿のお庭の植え込みの茂みでやかましい程鳴く蝉の声が聞こえる。」と書いている。

明治四十三年の『名園五十種』（近藤正一編　博文館）によれば、庭園は「亀井伯爵別墅《べっしょ》の庭園」として次のように紹介されている。

「森々《しんしん》として立てる木立を負うた優《ゆう》びやかな富士形の芝山それを背景にして前にはひろびろと水を湛《たたえ》た池を控へたる純粋の林泉式の大庭園で池の周囲は松檜などを其処此処に植込める芝生で

ある。

左手の方から池の中央に……恰も岬の如くに突出せる一むらの木立はこの庭園の主景と見るべき好趣味の所で松や檜が鬱蒼と生ひ茂つてその木陰に楓の若葉がぬれたように美い枝をさし交して居る様は恰《まる》で水彩画を見るやうである、その木立の上に彼方の芝山が優しい姿を見せたる様子は相模灘《さがみなだ》の洋心から伊豆の鼻を隔てゝ富士山を眺めたやうで何とも云はれぬ程に好い風致である、岬の端には小石を敷《しい》た州《す》浜《はま》があつて、そこには松もあり雪見燈籠もある、そして松下に二三の磯石が捨てたやうに置かれたるなど庭は極めて正格な林泉式の築方だ、此方の汀から洲崎へかけて斜に形の好い大小十余個の飛石を点綴《てんてつ》したるは生半可橋などを架けたるより遙かに趣味がある。

中島はこの岬の奥の方に瓢箪形に築かれて居る

「亀井伯爵向島庭園」(『名園五十種』明治 43 年より)

が、それが此の岬の端に半面を隠されて僅かに島陰の松、松下の春日燈籠《かすがとうろう》のみを見せたる所は庭が一入奥深く見ゆる。

芝生を踏んで右手に叢立てる翠色濃やかな松蔭の小径を辿り行けば枡方に石を組んで池の流れを引ける支流に架けたる勾欄《こうらん》付の木橋がある、これを渡つて彼方の汀に出づれば紫薇の大樹があつて此方に立てる葉桜に枝を交せる様刺繍《ししゅう》屏風の絵を見るやうだ、花の木蔭に佇立みて左手の方を見遣れば茶圃あり梅園ありその間を細流《こながれ》が繞《めぐ》つて末が霞の内に没せる所は全く山村の景趣で梅花は既に謝して淡緑の梢漸《ようや》く暗きに流に臨む山吹の蔭に蛙の声聞ゆるなんど、此所は早、首夏の景色を見せて居る。」

鷗外は、庭園の様子を「御殿のお庭の植込の間から、お池の水が小さい堰塞《えんそく》を踰して流れ出る溝がある。その縁の、杉菜《すぎな》の生えてゐる砂地に、植込の高い木が、少し西へいざつた影を落してゐる。……凌霄（ノウゼンカズラ）の燃えるやうな花が簇々と咲いてゐる。」と、『ヰタ・セクスアリス』に細々した庭のディテールまで記している。

鷗外が本格的な日本庭園を見たのは、「亀井伯爵別墅の庭園」が初めてであろう。当時の庭の写真を見ると、鷗外が庭の形態や植物配置などの美しさや魅力を実感し、庭への関心を深めたことが理解できる。

◉ガーデニングも学んだドイツ留学

若い鷗外にとっての関心は、プロシア陸軍衛生制度を研究するためのドイツ留学であった。明治十六年には、欧州派遣の随行を志願したが叶わず。それでもあきらめず、ドイツ留学の上申書を提出した。十七年の五月、提出した上申書が通り、二十二歳の鷗外は八月から出発することが決まった。

東京を出発した日からベルリンに着く日まで、鷗外は『航西日記《こうせいにっき》』（明治十七）を付けている。念願の留学が叶い、見るもの聞くものすべてに好奇心を抱き、いろいろなことを日記に綴っている中に、花や庭についての記述がいくつもある。

植物が最初に日記に出てくるのは、明治十七年八月三十一日に香港に到着し、翌々日に市内を見て歩いた時のことである。

「初二日。遊花苑。苑頗大。在上環。入門則紺碧透衣。紅紫眩目。覇王樹之類。有偉大可驚者。」とある。花の植えられている大きな公園に入ったのであろう。紅紫の花が咲く「覇王樹」を見ている。覇王樹は、サボテン科のサボテンであろう。「サボテン」とは、茎を切ったものが石鹸の代用になるので、シャボン（蘭語）がなまったとされている。

なお、同名の植物に、トウダイグサ科のキリンカクという灌木もあるが、花が褐紅色ということから、こちらではなかろう。

その後、ベトナムに着き、メコン川を上る。

「初七日早。……両岸皆平沢。草木艸蓊然。点綴村舎。風景如画。間見椰樹蘇鉄樹甚大。」

草木艸蓊然は、岸の近くであればマングローブ、離れていればジャングルの様相か。ヤシやソテツの類の木が大きく生育していた。

「初八日早。倩馬車見花苑。馬痩軀而多力。街上土色殷赤。両辺種樹似槐。所謂尼鷗爾弗樹也。有牽牛花及芭蕉。」

馬車で花苑に出かけ、エンジュに似た並木（尼泊爾弗樹は不明）、さらにアサガオやバショウを見ている。

「初十一日。……倩馬車観諸寺院及花苑。……入花苑。束盆樹作偶人。猶我菊偶也。」

花苑に入ると、木を束ねて人間を模した、トピアリーのようなものがあり、鷗外はこれを日本の菊造りのようなものだと見ている。

ヨーロッパに入り、十月。

「初九日。過田野間。綿葉已枯。菜花半凋。植木画畝。」

汽車でパリに向かう車内の窓から見えたのだろう。綿の葉は枯れ、菜の花は萎れ、植木は畝を描いている、とある。

十一日に『航西日記』が終わる。そして、『獨逸日記《どいつにっき》』の明治十七年十月十一日、ドイツ、ベルリンに着いた鷗外は、師となるホフマンに会うためライプチヒへ向かった。

二十四日、大学の衛生部に赴く。「わが大学にゆく途に、ヨハンネス谷 Johannesthal という処あり。籬にて囲みたる小園あまたありて、その中に小さき亭などあり。こは春夏の候に来て遊ばんために、富人の占め居るものとぞ。」と書いている。

鷗外の見た「小園」は、クラインガルテン（Kleingarten）である。近年、我が国でも流行っているもので、郊外の市民農園とでもいうべきもの。ただ、ドイツのクラインガルテンは、一〇〇坪（約三〇〇平方メートル）以上と、日本よりはるかに面積が大きく、農作物だけでなく果樹や草花を中心にしている。

また、クラインガルテンにある「小さき亭」とは、小屋であって、別荘とは限らない。鷗外は、小園で楽しむ人を「富人」と言っているが、実際は中流階級の人が多かったと思われる。本当の「富人」は、もっと広い別荘を持っているはずだ。鷗外はドイツに来て間もないので、その辺の事情がよくわからなかったのだろう。それにしても、鷗外が十月末の、花などほとんど咲いていないクラインガルテンに関心を寄せたことは、植物への興味からであろう。

ドイツでは秋も終わり、戸外には青々した植物はもちろん、枯れ葉すらなくなっていた。そんな時に、日本から紅葉が同封された手紙が送られてきた。鷗外は故国の懐かしさとともに、植物への親しみを表すように紅葉のことを日記に記している。

ドイツの冬は長く、翌年三月二十一日でも「帰途飛雪面を撲ち、冷気骨に徹す。」という状況で、四月になっても春らしい記述はない。ドイツの春の訪れは東京より遅く、そのため花は一斉に咲き始める。その美しさ、見事さは西欧ならではの情景。鷗外の日記にも、その様子が記されている。明治十八年五月七日「未亡人に招かれ、馬車を倩ひてそのゴオリス Gohlis の居を訪ふ。来責のゴオリスあるは、猶東京の向島根岸あるが如し。家の四隣には桜桃乱れ開く。春雨霏々たる中、時に鳥声を聞く。」

また、五月十二日には汽車でライプチヒを出発する。「一村を過ぐ。菜花盛に開き、満地金を布蹴り。忽にして瀰望皆雪なり。……又、一村を過ぐ。林檎花盛に開く、桜梨の如きは皆己に落ち尽せり。……レンネ街より左折し、街樾 Allee に入る。遥かに百合石山 Lilienstein の天半に聳ゆるを望む。漸く進めば、喬木枝を交ふる下、緑草茸々たり。花園に入る。艸花盛に開けり。……カロラ湖 Carolasee なり。白鳥ありて遊泳す。池を一周するに、歩々観を改め、奇幻極なし。」など、強い感動を覚えたのか、それまでの日記の中で最も長く綴っている。

初めて訪れた場所はやはりそれだけ印象も強かったようで、逐次日記に記している。二十八日は、「夜博覧会苑 Ausstellungspark に至る。苑は癈兵街 Invaliderstrasse と古「マアビット」Ait-Moabit との間に在り。曽て衛生博覧会を此に開く。故に名く。緑樹の間多く電気灯を点し、又数所の噴水あり。納涼に宜しき地なり。」と。

六月に入り二十四日は、ミュンヘンにおける夏至の祭（ヨハンスターク）、「現今此地にては『ヨハンス』日を祖先を祭る日とす。猶盂蘭盆《うらぼん》の如し。闔府の士女其塋域に集り、花を編める環を墓上に懸く。亦美観なり。」

二十七日は、送別会でブリユツヘル苑 Bluecher Garten へ。

七月十九日以降に書かれた四日間の日記は、すべて園地で記載されたものである。当日は水晶宮苑へ出かけ、ワインを飲み、苑内を「遊歩」。苑内ではコンサートが催され、賑わっていたとある。

二十五日は逍遥苑。二十七日は、「徳停客館 Hotel zu Stadt Dresden の園中に花灯会を開くを聞く。往いて観る。」

三十日もボート遊び。

八月は、後の『文づかひ』に描写された、風景や場所の原型とされる場所に出かける。それは、マツヘルンやディーベンなどでの滞在である。旅行の目的は、日独乙第十二軍団の秋の演習であるが、日記には景色や花の記述が溢れている。

二十七日、マツヘルンの宿舎はスネツトゲルの居城で「破石門より苑に入る。苑中白木槿花盛に開く。」と、ムクゲの白い花が鷗外の目を捕らえた。午後には「苑を逍遥す。広闊なることロオゼンタアル Rosenthal に譲らず。」と、庭園の素晴らしさに言及。庭園はイギリス式庭園で、大きな池があり、四二ヘクタールもの面積を誇る。なお、この場所は現在、文化財として保護され、ザクセン最大の公園となっている。

翌日は、ネルハウへ向い、途中で「松柏の林を過ぐ。平原あり。紅花満目。」を見ている。松柏とあるが、松はドイツトウヒ、柏はナラ類ではなかろうか。また、紅花は、キク科のベニバナではなく、紅色の花と思われる。

そして五日、イイダ姫のモデルが住んでいたディーベンの古城に着く。ここにも美しい庭があったはずだが、鷗外は六人の姉妹の方に心を奪われたらしく、日記には「岸辺に数百の柏あり。」としか書かれていない。

演習が終わり、十二日、ライプチヒに戻って、将校数百人と会食。鷗外は、同行した一等軍医のウユルツレルから今日が妻の誕生日ということを聞かされ、「余家に帰りて直に売花店に赴き、盆栽一株を買ひ」と贈り物を届けさせている。当時、ドイツに盆栽があるわけがないので、この場合、フラワーポットであることは言うまでもない。それにしても、明治の男が、異国でのこととはいえ、友人の妻に花を贈ったという事実にちょっと驚かされる。

明治の男に花、といえば、九月二十七日の日記には、鷗外の知人で、同時期にドイツに留学していた青山胤通《あおやまたねみち》がドイツ人の少女にバラを贈ったが、なんとその少女はその花を青山の友人でもある榊俶《さかきはじめ》にあげてしまった。当然、後日そのことが青山にバレて、少女は青山に謝ったが、青山は応じなかった、というような記述がある。いずれにしろ、明治十八年のこと、「郷に入っては郷に従え」という諺にならったわけではないだろうが、日本の男たちもなかなか洒落たことをしていたようだ。

それ以後も、花に関する特別な記述はないが、鷗外はあちこちの公園などに出かけていたことが日記からわかる。

明治十九年、鷗外は二十四歳となる。一月十三日の夜王宮の舞踏会に赴き、饗宴堂での晩餐の席で「隅堂は花卉もて飾りたり。」と、花を見つけている。三月八日になっても、ミユヘンの近郊は「只見る飛雪天に満ち……丘陵起伏、松柏鬱茂せり」と、屋外で花を見ることのできるのはまだ先のようである。

四月三日、ミュンヘン西南にあるニンフェンブルクの宮園に出かけている。この庭は、第二のベルサイユと言われるくらいで、芝花壇が美しいはずなのに、「大理石像多し。池沼あり。水澄。遊魚多し。」と、さしたる感想はない。まだ寒くて観光するような気分ではなかったかもしれない。五月二十八日になって、「春風の中に在る心地す。」とあるが植物への記述はない。

四月から六月までの日記は、月に四、五日と記載自体が少ない。それでも、薔薇園に招かれたり（六月七日）、六月十三日には『うたかたの記★』の題材となるウルム湖を訪れたりしている。その日、ルウドヰヒ二世について「久しく精神病を憂へたりき。昼を厭ひ夜を好み、昼間は其室を暗くし、天井には星月を仮設し、床の四囲には花木を集めて其中に臥し、夜に至れば起ち園中に逍遥す。」と記している。

八月九日、ベルリンに行く途中の日記に、「麦畝の虫声断えず耳を慰め、時に細流の石間に潺々たるを見る。『ハイデクラウト』Heidekraut の盛に開くを見て、……」。日本では見られない風景に感動したのであろう。なお、ハイデクラウトは、ツツジ科エリカ属の植物。白・赤・黄色などの花の咲く低灌木で、ヒースとも呼ばれる。鷗外が見たのは、一面に咲く赤系色の花ではなかろうか。

九月七日。ロットマン丘に登り、ロットマンの碑の傍の小苑を散策。「薔薇花盛に開く。」のを見ている。

鷗外は以後も、公園や行楽地に出かけているが、花に関する記述はない。花を見ることは見ているのであろうが、もはや咲いているのが当たり前になり、特別変わったものを見ることがなくなったためであろう。

明治二十年、鷗外は二十五歳。勉学の合間に、英吉利公苑、スタルンベルヒ湖、博覧会苑、城達 Schlossplatz の苑などを訪れている。中でも九月十六日に着いたウエルツブルクでは、翌日、「緑樹露を帯び、秋花香を吐く。快比なし」という気分。シーボルトの像を見て、宮園を歩き、古城の濠、植えられている蜀黍、新園を経て宿舎に帰る。午後、岸にはブドウ畑の続くマイン河を下り、ファイツヒヨツホハイムの苑に入るなど、楽しんでいる。

明治二十一年、鷗外二十六歳の『隊務日記』は、「普国（プロシヤ）近衛歩兵第二聯隊の医務」について書いている。そのため、日記まで公務についてのレポートのよう。病名は数多く登場するが、植物の名前は「棕櫚（シュロ）」があるくらい。「花」という字は、「花環」と「花柳病」以外には見当たらない。日記は、三月十日から七月二日まで書かれている。

七月三日からの『還東日乗《かんとうにちじょう》』には、帰路の途中、立ち寄った場所で、観劇や見物をしたことが記されている。パリでは公園や救難衛生博覧会を見学。コロンボ市内の観光で、「畳花樹」を見ているが、これはどのような植物なのか不明。

九月八日、横浜に着き、午後東京に入る。日記はこの日で終わる。


◉娘・茉莉が探した鷗外のガーデニング原景

留学の時が過ぎるにつれ、花の記述が少なくなっていく。鷗外の花への関心が薄くなったためと考えられがちだが、周囲に花のあることが当たり前になったからだ。鷗外がどのような環境で過ごしていたかは、娘の茉莉が見届けている。

それは、茉莉がドイツ留学中の大正十一年のこと。父が亡くなったことを突然知らされるが、帰るに帰れない。そういう状況下で、異郷の地で父・鷗外の足跡を求めているうちに探しだしたのが、花に囲まれた鷗外の留学時代の生活である。

「パンジョンの部屋で、一種の感動を抱いた私が町へ出ると、そこにも父の世界があった。垣根越しに見える家々の草花が父の家の花畑の花と同じである。父が独逸から種を持って帰って植えた、ジキタリス、向日葵、姫向日葵、葵、バイモ、百日草、虫取菊なぞが私の胸を締めつけるようにして、夕闇に咲いているのである。」（『父の居た場所』）と、父への熱い思いを寄せながら、自邸・観潮楼の花畑が留学中の花に囲まれた環境の再現であったことを発見した。

鷗外のガーデニングは、ドイツ留学が大きく影響しており、当時の日本ではあまり見られなかった花々をふんだんに植えたものであろう。また、以下のような造園書を入手し、西欧の庭を見て歩いたことが、後年の観潮楼のガーデニングに大きな影響を与えている。

鷗外は医者だから、薬草の知識は一般人よりあるが、さらに観賞や生育方法まで含めた知識を持っていたと思われる。鷗外は博識なだけでなく、もともと造園・園芸に関心があり、ドイツ留学中に関係の資料を求めていた。それは、当時の日本では容易に入手不可能な『Lehrbuch der Gartenkunst（庭園術の教科書）』、『Lehrbuch der schönen Gartenkunst, 2 Edit（美しい庭園技術、二版）』、『Die schöne Gartenkunst（庭園の美）』、『Théorie der jardins（庭園の理論）』、『Geschichischen der italienischen Renaissancegärten（イタリアルネッサンス庭園史）』、『Der Garten, seine Kunst und Geschichte（庭園技術と歴史）』、『Forstästhetik（森林の美）』などであった。

これらの本を入手しようとした時点で、将来庭を作り、自分の好きな花を植えようと決めていたのであろう。

◉『みちの記』に見る草花の風景

前述(63頁)の「千朶山房《せんださんぼう》(猫の庭)」に移る前の夏、鷗外は信州に出かけた。その小旅行中の日記『みちの記』に草花の風景が記されている。それは、明治二十三年八月十七日から二十七日まで、気ままな一人旅である。

八月十七日「芦の集まばらになりて桔梗の紫なる、女郎花（オミナエシ）の黄なる、芒花の赤き、まだ深き霧の中に見ゆ。」

八月十八日「岸辺の芦には鼓子花（ヒルガオ）からみつきたるが、時得顔にさきたり。……野生の撫子いと麗しく咲きたり。その外。都にて園に植うる滝菜（ミズナ、ウワバミソウ）、水引草になど皆野生す。……竹樹茂りて」

八月十九日「女郎花、桔梗。石竹などさき乱れたり。」

八月二十日「車前草（オオバコ）おひ重りたる細径を下りゆきて、……苔を被ふりたる大石乱立したる間を、……夕餉の時老女あり菊の葉、茄子など油にてあげたるをもてきぬ。」
八月二十三日「苔などは少しも生ぜず。……杉林を穿ち、」
八月二十四日「けふは女郎花、桔梗など折来たりて、再び瓶にさしぬ。」
八月二十六日「小布施《おぶせ》といふ村にて、しばし憩ひぬ。このわたりの野に、鴨頭草（ツユクサ）のみおひ出でて。眼の及ぶかぎり碧き処あり、又秋萩の繁りたる処あり。麻畑の傍を過ぐ、半ば刈りたり。」
ほぼ毎日のように、目に映る日本の自然風景の中に、草花を慈しむ鷗外の視点がある。

◉『徂征日記』に見る植物

『徂征日記《そせいにっき》』は、「明治二十七年八月二十五日。兵站《へいたん》総監予を召して大本営直轄中路兵站軍医部長を命ず」から始まる。鷗外が朝鮮の釜山に赴任したのは、秋に向かう九月四日であった。

十月一日には中路兵站軍医部長を免じ、第二軍兵站軍医部長を命じられる。釜山から午関に着き、さらに、花園口に向かった。この時期、花の季節はとっくに過ぎている。植物に関心のない人なら、どこを見わたしても、殺風景な景色しか見えないだろうが、鷗外は違った。

「十月二十一日。……漁隠洞《ぎょいんどう》の東なる小部落なり丘陵起伏松槲等を生ず尺を過ぐれば伐り去る故に長大なるものなし処々玫瑰叢成せり人家観る」と、いうように、鷗外は低く刈られたマツ、カシワ、さらにハマナスが叢となった状態などを発見している。

十月二十四日、花園口に到着。「十時に上陸す協春昌の家を占領す岸に近き茅屋なり石壁之を繞り小門を設く葺くに瓦を以てせり庭前菊鷄冠花百日草等の盛に開けるあり」と、鷗外は日記に書いている。ここでは、キク、ケイトウ、ヒャクニチソウ等が咲いているのを見ている。三十日には、浜辺に初霜が降り、

「十月三十一日。……歩して花園河に至る神廟を見る巨鐘あり莨菪花倒に垂るゝが如し銘あり下縁に八卦を鐫りたり此辺の芝生には石竹花多く開けり皆茎の長さ一二寸に過ぎず

　潮風のあるゝはまべに匂ふかな

　　くさみじかきなる撫子の花」

ここで、鷗外は医者らしく、薬草のハシリドコロ（莨菪）を見つけた。莨菪の地下茎には毒性があり、食べると幻覚症状をおこす。一方、消化液分泌抑制、鎮痙作用といった薬効もある。石竹（ナデシコの仲間）を見つけた時には、気分も良かったのか、歌まで詠んでいる。ただし、茎があまりにも短いので、撫子と書いてあるが、おそらく日本のナデシコ（カワラナデシコ）とは異なる種類のものだろう。

「十一月三日。目ざましやこゝの枯野に日の御旗」

枯野とあるように、植物を見つけることがなく、以後の日記に現地の植物名の記述はない。

翌年は、所変わって大連湾柳樹屯で二十八年の元日を迎えている。日記に、

「もろこしを綻《ほころ》びさせて梅の花」という歌を記しているが、三月になっても雪が降っている。

三月十七日金州に徙る。

「四月十二日。午後宴を東門外にの梨園に張りて古川の第二軍工兵部長となれるを祝す秋山春斎菫花を贈る」

「四月二十八日。風雨杏花を瓶に挿む」

やっと、春らしくなったようだが、五月の日記まで、花を見たとの記載はない。

五月二十九日、宇品から台湾三貂角《さんちょくかく》に着く。

「五月三十日。晴雨定らず午後三時四十五分岸に登る鳳尾蕉の林を過ぐ」と、ソテツ（鳳尾蕉）の記載がある。

「六月二日。陰暁に発す戦隊と同く山を下り且つ戦ひ且つ進む道渓流に沿ふ射干檀特等の花盛に開けり途次彼我の死傷者数人に逢ふ」

と、基隆《きいるん》に向かって、緊迫した進攻の途上ではあるが、鷗外はヒオウギやダンドクなどの花が咲き乱れているのを確認している。

「六月九日。晴湾東の兵舎砲台を巡視す社寮砲台に扁して東海屏風障と曰ふ劉銘傳《りゅうめいでん》の書なり途上野生牽牛花の開けるを見る夕に雨ふる」

鷗外は、牽牛花を見ているが、野生ならグンバイヒルガオかハマヒルガオの類と思われる。

「六月二十五日。巡視昨のごとし此日台北に来りてより始て雨ふる城北沼沢中蓮花盛に開けるを見る荇菜あり大さ盆の如し」

ハスが盛んに咲いていること、またアサザの葉が大きくてお盆のようだと書き留めている。

九月二十二日に台北を出発し、日本に帰国した翌日の日記には、

「九月二十九日。朝広島に至る吉川に投ず庭前百日紅盛に開けるを見る」とある。

そして十月四日、東京に戻り、『徂征日記』は、十月十四日で終わっている。

第八章　自邸・観潮楼での庭づくり

◉芭蕉二株から始まる観潮楼の庭づくり

鷗外は明治二十五年一月、千朶山房《せんださんぼう》から北東に約四〇〇メートル先の本郷駒込千駄木町二十一番地（現・文京区千駄木一―二十三―四）に転居した。六月になって、隣地の梅林（十九番地）を買い、敷地を三二〇坪（一〇五六平方メートル）に広げた。

長男・森於菟《おと》の「観潮楼始末記」（『父親としての森鷗外』）によると、「この土地は根津権現の裏門から北に向う狭い道で団子坂上に出る直前の所で、東側は崖になって見晴しがいい。根津に近い方は土地がひくく道の西側は大きい邸の裏手に面し、当時昼なお暗く藪下道といわれていたが、団子坂上に至る前はしばらく上り坂になってその先はとくに景勝の地を占めているのである。父の買い入れた土地には初めから、三間と台所から成っている古びた小さい板葺の平家とその北側に離れて土蔵一棟があった。父の家族は狭いながら一応この家に入り、その後に平屋の後方の長屋二軒と梅林とを買い入れ、ここに二階建の観潮楼を建てた」とある。

庭づくりは入居からほどなく開始されたかもしれないが、記録としては、『観潮樓日記』に始まる。九月十八日に「芭蕉二株を楼の前に植ゑたり。庭のさままだ整はねど、これにて一隅のみ片付きぬ。」と、観潮楼の前に芭蕉が二株植えられた。当時は、家の側に芭蕉を植えるのは、風流で洒落ていると思われていたようだ。

以後、急ピッチで庭づくりが進む。それは三十日に、観潮楼で陸軍衛生部の茶話会が開かれる予定だったからである。二十八日には、雨にもかかわらず、植木屋や石屋の職人が大勢動員され、工事を進めたがあまり進捗しなかった。それでも、翌二十九日には、「籬を結はせ、戸口の前に石を据ゑさせなどす。」と、垣根が回され、大きな石も配置され、どうやら格好がついたようだ。三十日の日記には、「石忠直君以下八名来り会す。幸に天気好かりき。」と、無事に会を催した様子が記されている。

庭の工事は、敷地の売買の仲介をした団子坂下の植木屋・千樹園が行っている。庭のデザインは、路地風の平庭で、鷗外の父・静男の意向を反映したものと思われる。この工事で力を入れてつくられたのは、玄関から藪下通に面した門までで、その他は、増築した部分に対応して木を植えたり、垣根を巡らしたのであろう。実際、玄関先の右手にあるイチョウは明らかに以前からあったもので、垣根はその木を取り込むように組まれている。

庭の植木を見ると、高価な樹木や門冠の松などの仕立物、また、手入れに金のかかるような木はほとんどない。また、庭の要と目される「滅多にないような丸い滑らかな大きな石」（三人冗《さんにんじょう》語《ご》の石）も、庭石としての価値はさほどないと思われる。したがって、当時の流行であった文人趣味のアオギリを植えたりして、一応、庭の体裁を整えたものの、全体としてはあまりお金をかけない庭づくりであった。

建物の間取りについては、娘・茉莉の『父の帽子』に幼い頃の思い出と共に記されてい

三人冗語の石（明治30年4月撮影）
鷗外が創刊した文芸雑誌『めさまし草』に連載する合評「三人冗語」の評者3名（左から鷗外、幸田露伴、齋藤緑雨）が、この石に腰掛けて批評を行ったことから名づけられた。
（『鷗外全集　著作篇』18巻〔岩波書店、昭和28年〕より。植物名は筆者による）

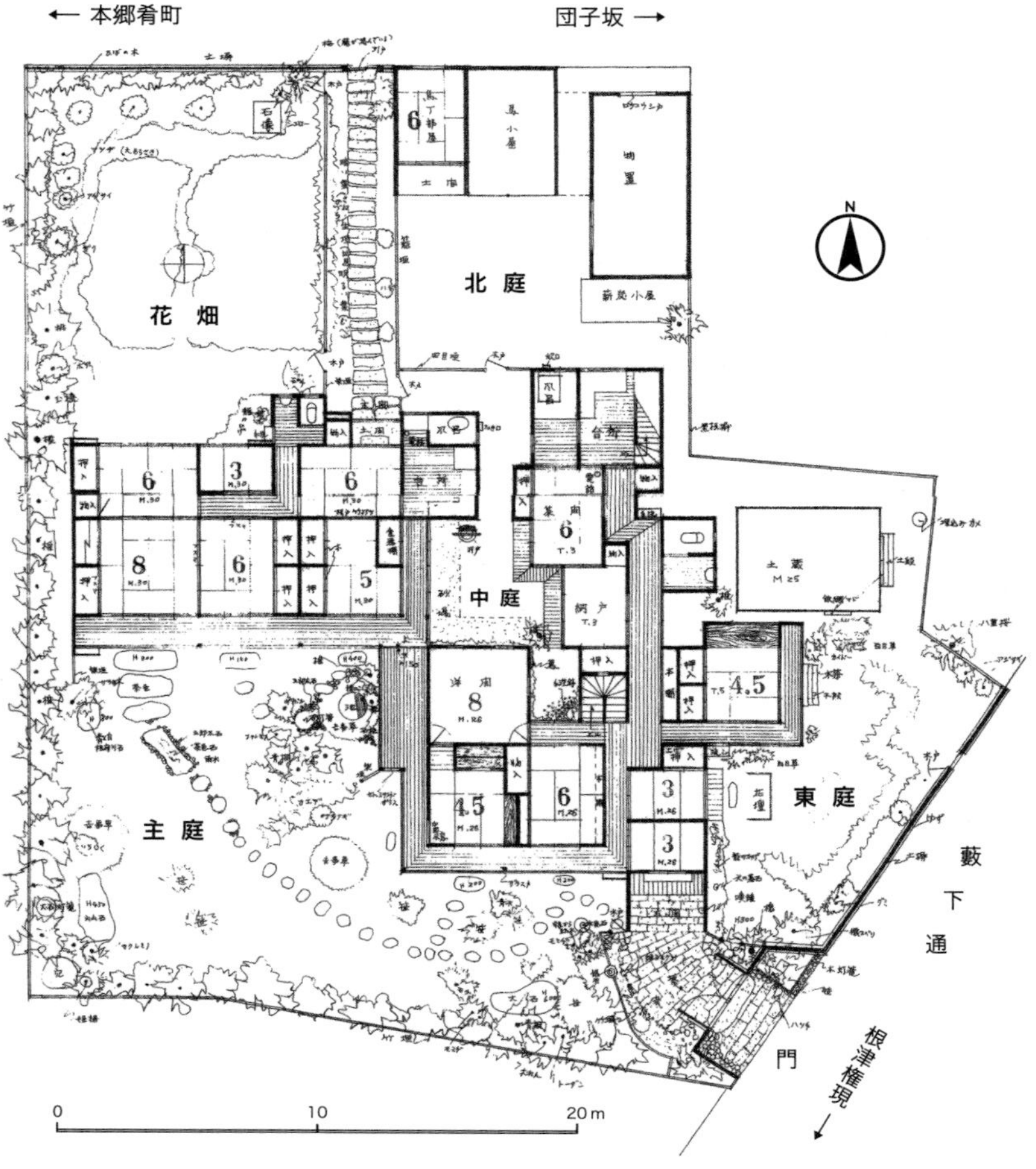

観潮楼の平面図

子供たちの記憶などをもとに後に描いたもの（文字の一部を活字に置き換えた）
（原図：文京区立森鷗外記念館蔵）

る。

「父の部屋の北隣りに花の庭に面した明るい六畳があり、寝る部屋、茶の間などと平行して三畳の小部屋、裏玄関、台所が続き、裏玄関は茶の間と背中合せになつてゐた。

裏玄関から飛び石伝ひに団子坂通りに向つて開いて、格子戸を嵌めただけの裏門があり、飛石の左側が四つ目垣を距てて花の庭、右は建仁寺垣を境に台所の前の空地で、其処には物置と裏門に並んだ別当（馬丁）の住居、続いて二つの馬小屋があった。

家の北側は、海津質店、物集家、生薬屋、八百屋等が左から、洋間、台所、三畳は右からと、左右から切り込んだ凸凹の空地になつてゐて、物集家との境には大きな無花果の木があり、見上げると青い葉が空を蔽つてゐた。

茶の間と洋室とで鉤になつた一角に、母屋から離れて小さな湯殿があり、洋室に向いた側には細い板を並べた窓があつて冬でも簾が、下つてゐた。

南の茶庭は長く続いた垣根を距てて殆ど家の半面を巡つてゐる酒井（子爵）家と隣り合ひ、西は花畑とこれも垣根を距てて野村酒店に隣り合つてゐた。

洋室から表玄関に出る廊下の左側に、二階へ上る階段の真暗な入口があり、二階は十畳の一間で、この部屋を北から西へ廻る廊下の行きどまりの壁には小さな窓があつた。」（『父の帽子』「幼い日々」）

鷗外一家が住んでいた頃、観潮楼の風格を増すように蔦が覆い繁っていた。この蔦については、於菟が『父親としての森鷗外』「観潮楼始末記」に、

「私の滞欧中の関東大震災で傷んだ家を修理するとき、観潮楼にからむ蔦の根を切った。この蔦は父が初め階下の八畳の洋間、それも木造であるがその窓下に三本植えたのが年々蔓を延ばして、当初は洋室の外側を包ませるだけのつもりが二階の外廓から屋根までおおって、観潮楼に古城のごとき趣を添えた。

しかし蔦は家の保存のためにはあまりよくない影響を与え、根から吸い上げる水分のために、また降りかかる雨がいつまでも乾かぬために、羽目板を腐朽させた。とはいえ楼に見事な外観を与えたこの蔦の枯れたのは、あとから考えれば私がこの由緒ある観潮楼をつぐにふさわしからぬ者であることを告げる凶兆であったといえるかも知れない。」

と書き残している。

◉観潮楼の庭園のデザイン

観潮楼の庭園は、鷗外より父・静夫の意向を反映したもので、築山泉水《つきやませんすい》の日本庭園ではなかったが、全体としては和風の庭であった。大きく分けて、主庭、北庭、東庭の三つであるが、それ

に小さな中庭もあった。

主庭となる南側の庭は、横の東西は二〇メートル程度、南北は七〜一一メートル程度の鉤状の形をしていた。娘の茉莉は小堀遠州式の庭と思っていたらしく、飛び石が中心となる露地のようであった。そのような庭を、

「庭木は楓が一番多く、表玄関の屋根の際にあった一本は、天狗の団扇のような形で、へりにぎざぎざのある、大きな葉の、珍しい楓だった。楓には秋に紅葉するのも、しないのも、あった。青桐、杉、檜、沙羅《しゃら》の木、なぞがあったが、これも母の言葉によると、木々の位置の工合に工夫があって、そんなに広くない庭が、こっちから見ると奥深く、大げさに言えば深山のように見せてあるのだそうだ。」

と、『残雪』に書いている。

また、次女の杏奴は、

「太い大きな公孫樹《いちょう》の木があり、紅葉や、木蓮、椿その他色んな木があった。石の傍には私たちが提灯の木と呼んでいた馬酔木があって、白い小さい提灯のような花を咲せた。

父は庭に下駄の跡の付く事をひどく嫌ったので、私たちは庭に出て遊ぶ時は必ず草履をはかされた。」

と、『晩年の父』「思出」に記している。

鷗外がこの庭を大切にしていたことは、次男の類《るい》も、
「この庭は眺める庭で、遊ぶ庭ではないと言った。子供にはそれが気に入らなかったので、内証で降りて庭石づたいに像の背中と名づけてある大きい石の上に登って遊んだ。……女中が不用意に糸屑などを掃きだすと、父が火箸でひろって懐紙に集めていた。写真でも撮るときのほか、庭にいる父を見たことがない。さして広くない庭だが、石や木の置き方でかなり奥深く見せていた。春も浅いころは白い木蓮の花が咲き、茂みの葉がくれに乙女椿が見えた。夏は擬宝珠の花の一二輪があるばかりであった。」

と、『鷗外の子供たち』「二　父、鷗外のこと」に書いている。

そして、沙羅の木については、杏奴が『晩年の父』「思出」に、
「この庭の飛び石の形も、樹々の間にある石灯籠の配置も自然のように上手に出来ている。沙羅の木の根本にはおもしろい形をした石があって、夏になると青く葉の茂った奥に、気品の高い白い花が、咲くとみる間に散ってしまう。藍色の縮の単重を著た父が裾をまくって白い脛を出し、飛び石を跳で伝っては落ちた花を拾って来たものだ。」

また、

「褐色の根府川石《ねぶかわいし》に
白き花はたと落ちたり

　ありとしも青葉がくれに
　見えざりしさらの木の花」

と、鷗外の歌を載せている。

次に北側の庭は、幅が二〇メートル程度、垣根で二分されていた。花畑と呼ばれる北西部の部分は、一転して、子供たちが自由に遊べる庭であり、鷗外ならではのガーデニングが展開された場所である。杏奴によれば、

「おいらん草、蛇の目草、虫取草、ダリアにあやめ、ちょっと思い出して見てもいい尽くせないほど沢山の花を父は四十坪ほどの庭一面に植えていた。

別に花壇を作るという事もなく、庭中ただもう花でいっぱいだった。

赤や白の水引草がおままごとの御飯の代りになり、ぎぼうしの葉は細く刻んでお漬物の代わりになった。

白い木蓮が散って茶色に腐ったのは牛肉といわれていた。

父が一番子供たちを楽しませようとしたのは自然であったらしい。」

と、四季折々の自然に囲まれた、心豊かな生活ぶりが『晩年の父』に記されている。

その花畑を区切った垣根は、

ハクモクレン

乙女椿（オトメツバキ）

シャラノキ（ナツツバキ）

オシロイバナ（円内は果実）

「あけびやその他の蔓草のいっぱい絡った見事な長い垣根で」あった。

垣根の東側に馬小屋などがあり、そのあたりの様子は、森茉莉の『父の帽子』「幼い日々」「馬小屋の前の空地には、白木蓮、酒井家との堺には乙女椿、銀杏があり、どれも大きな木で春が来たり、秋になつたりすると幼い私が見上げる空の中に、薄桃色や白に輝き、又は金色の鳥のやうにキラキラしたりしてやがて春の暖かい地面や、乾いた秋の敷石を蔽つて散り重なり、私のいつまでもゐても飽きない楽しい遊び場と、なるのだつた。」


東側の庭は、幅が一三メートル程度、奥行き七メートル程度で、花壇がある場所。こじんまりとした庭の感じを杏奴は『晩年の父』に、

「此処にある狭い中庭は、植えてある草花の一つにでも、私たちの思出の籠っていないものはない。

可愛しいおしろいの花、それは父が祖母の病室のためにと後に建増した部屋の縁に沿って咲いていた。

この部屋は三畳に続いて庭に突き出た、東と南に廻り縁のついた明るい座敷であった。

おしろいの花に黒い小さい実がなると、よく私は爪の先でそれを潰した。

中からほんとうに白い粉が出て来る。

こんな草花の名前など、皆小さい時姉に聞かされて覚えたのだから間違っているかも知れない。父が貰った盆栽の中から移し植えた薄や萩だとか、図書寮の裏庭から二人で掘って来た菫とかは今如何なっているのであろうか？

岩菲というように聞いていたのだが、撫子の花に似た樺色の花、夾竹桃、桔梗、ダリアなどいっぱい咲いていた。

父はまた小さい鉢を買って来て、その中に水蓮を作った。

そういう事も仕事の暇を楽しみに少しずつやって、何時の間にかすっかり庭らしく楽しい空気をつくって行くのであった。

この鉢の中には黄色い花の咲く河骨もあった。」

と、子供の頃の思い出と共に、庭の様子を紹介している。


また、敷地の中央、建物と建物の間にあるスペースが中庭である。杏奴は、

「中庭には砂場があって、私と弟とは此処で砂いじりをして遊んだ。

母は此処に薔薇の花を植えたがっていたのだが、子供たちの好きなようにした方が好いという父の意見で砂場になってしまったのだ。」

と、鷗外と妻・志けの意見が違ったという興味深いエピソードを、『晩年の父』に書いている。

キョウチクトウ（赤花・白花）

キキョウ

ダリア

第九章　ドイツ留学の総決算である『花暦』

◉不思議な『花暦』

私が鷗外と花の関係を追い始めたのは今から二〇年余り前、『大正ロマン 東京人の楽しみ』（中央公論新社）を書いていた平成十五年頃のこと。当時の「文京区立鷗外記念本郷図書館」（現・文京区立森鷗外記念館）で、半紙四枚に記された『花暦』を目にしたためである。筆跡から見て、鷗外自身が書いたことは間違いない。そこには自邸・観潮楼に咲いた花を中心に、明治三十年二月十五日から九月十五日までの開花の状況が順に記されていた。記した日数は四三日間である。

ただ不思議なことに、『花暦』は、鷗外が七ヶ月もかけて作成したにもかかわらず、全集はもちろん、関連した本や雑誌など、どこにも触れられていない。

なぜ注目されなかったのであろうか。それは、記した文字が漢字であったり、カタカナであったりと統一性がなく、現代の植物名ではなく、当時の名称であるため専門的な知識がないと解読しにくいからであろう。加えて、植物に関心のない人には、『花暦』は単に物足りないメモの類にしか見えない。

花暦を自ら記録したことのある人なら、その作業が結構大変なことだと理解できる。まず、花の名前を確定しなければならないが、類似して名前を決められない植物には、観察した形や色などのコメントを付け、後で見ることを考慮しなければならない。

鷗外の『花暦』は、一見、適当に並べているようだが、よく見ると実に几帳面に書かれている。日にちを訂正している箇所もあるが、それは三日程度で、正確を帰さなければ、何も直す必要はないくらいである。書き方は、簡潔でいて、一貫した書き方、後で見てもわかるようにとまとめられている。他人に見せようとして書いているわけではないが、鷗外のなみなみならぬ意気込みを感じる。ガーデニングの心得があれば、まして、花暦を記したことのある人であれば、鷗外のガー

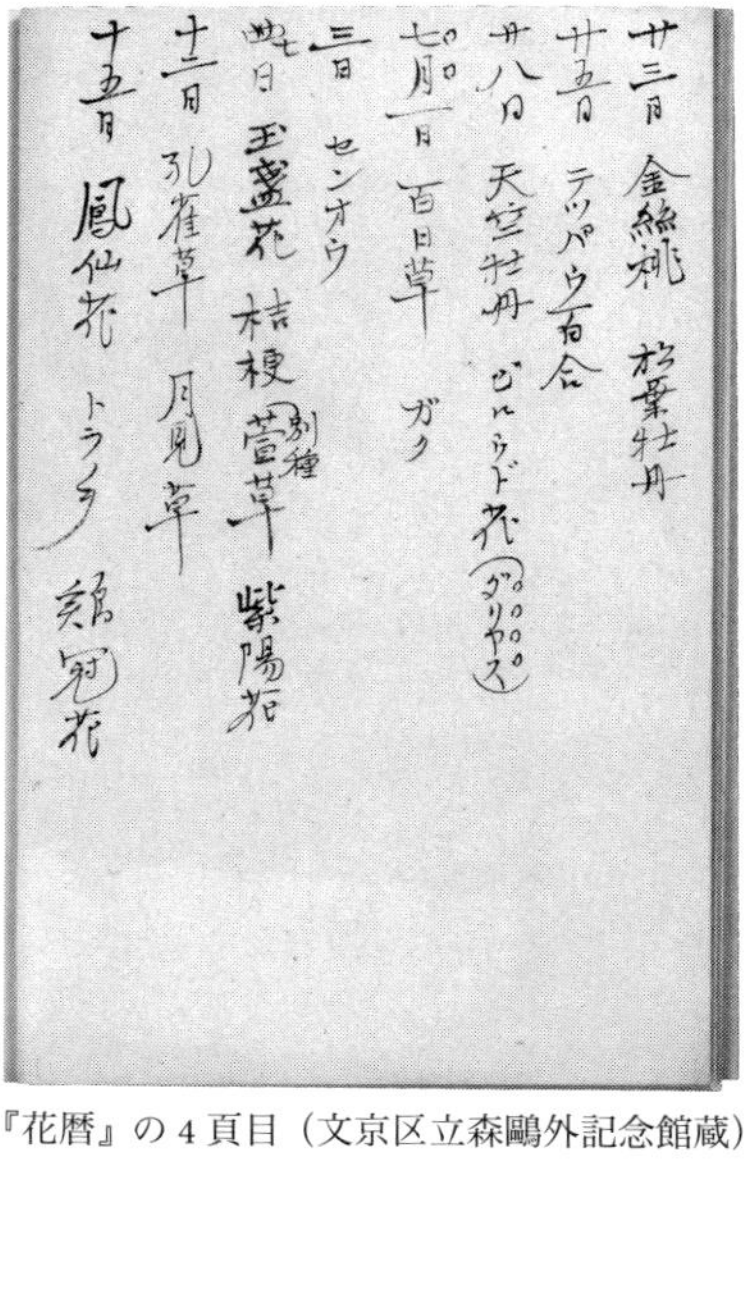
『花暦』の4頁目（文京区立森鷗外記念館蔵）

デニングの技量、さらに、好みや性格も見えてくる。また、記されている植物から、当時の花の種類や呼び名などがわかり、興味が尽きない。

『花暦』を書いた目的は何か。日記代わりであれば、もう少し他のコメントが入っていてもよさそうだ。鷗外の日記には、曜日や天候まで記載されていることが多いのに『花暦』には、それさえない。これまで注目されなかったのは、鷗外の考えや人間関係などが記されていないからであろう。しかし、観察した植物から、鷗外の好みや性格、自然への関心など、ガーデニング好きの人ならわかる情報を提供している。そして、『花暦』は、観潮楼の花畑がドイツ留学の総決算であることを証明する、重要な証拠でもある。

◉『花暦』の植物

『花暦』の最初の記述は、「二月十五日　梅　沈丁花」。ウメ、ジンチョウゲが記されている。

「三月十日　馬酔木」アセビ

「二十日　椿　木瓜《ボケ》」ミヅキ」ツバキ、ボケ、トサミズキかヒュウガミズキ

「二十五日　連翹」レンギョウ

「四月一日　桃　木蘭《モクレン》　薹」モモ、ハクモクレン、アブラナ

ヤグルマギク

ジャノメソウ

ダンドク

ヒヤシンス

モミジアオイ

オオマツヨイグサ

「三日　ヒイラギナルテン　ヒュアシント　キチジ草」　ヒイラギナンテン、ヒヤシンス、フッキソウ
「四日　貝母」　バイモ
「七日　櫻（上野）」　サクラ
「十日　仝（向嶋）」　サクラ
「十八日　棣棠　海棠」　ヤマブキ、ハナカイドウ
「十九日　石楠花」　アズマシャクナゲ
「二十日　躑躅」　キリシマツツジ
「五月五日　藤」　フジ
「九日　玫瑰」　マイカイ
「十日　ニシキギ」　ニシキギ
「十二日　ノミヨケ草」　ハルジョオン？
「十七日　ヤグルマ草、姫菖蒲」　ヤグルマギク、ヒメアヤメ
「二十日　菖蒲」　アヤメ
「二十三日　萱草　廣葉ノ紅花ヲ開ク蘭（白及《シラン》）」　ゼンテイカ？　シラン
「二十六日　鉄線花　ノウゼン葉蓮　蓮ニ似西洋種ノ草　虎耳　小櫻草　弟切草如キ紅花」　テッ

　セン、ナスタチウム、ユキノシタ、不明
「六月一日　澤桔梗 葉胡蘿蔔ノ如キ紫花ノ草　アラセイ 豆花ノ如キ紅ノ草　錦葵」　ハタザオ
　キキョウ？　アラセイトウ、ゼニアイ
「八日　ナツユキ」　キョウガノコ白花
「十二日　百合ノ如キ黄大花」　不明
「十八日　サラノ木」　ナツツバキ
「二十三日　金絲桃　松葉牡丹」　ビヨウヤナギ、マツバボタン
「二十五日　テッパウ百合」　テッポウユリ
「二十八日　天竺牡丹　ビロウド花（ダリヤス）」　ダリア、別種ダリア？
「七月一日　百日草　ガク」　ヒャクニチソウ、ガクアジサイ
「三日　センノウ」　ガンピ？
「七日　玉簪花　桔梗　別種萱草　紫陽花」　ギボウシかタマノカンザシ、キキョウ、ノカンゾウ、アジサイ
「十二日　孔雀草　月見草」　ジャノメソウ、ツキミソウかオオマツヨイグサ
「十五日　鳳仙花　トラノヲ　鶏冠草」　ホウセンカ、オカトラノオ、ケイトウ
「十九日　オシロイ　ミゾハギ」　オシロイバナ、ミソハギ

「二十三日　凌霄花　射干　ミヅヒキ」ノウゼンカズラ、ヒオウギ、ミズヒキ
「二十八日　檀特」ダンドク
「三十一日　百合」ヤマユリ
「八月一日　石竹」セキチク
「十二日　紅蜀葵　雁木に葉染マル」モミジアオイ
「十五日　向日葵」ヒマワリ
「二十二日　木芙蓉」フヨウ
「二十六日　萩」ヤマハギ
「九月十日　秋海棠」シュウカイドウ
「十五日　紫苑」シオン

以上で鷗外の『花暦』は終わる。記されているのは六八種ほどであるが、実際には七〇種以上の花が咲いていたと思える。現代ならば花の咲く植物を庭中に植えることは、珍しいことではないが、当時としてはかなりハイカラな庭といえそうだ。それは、明治時代以降に渡来した紅蜀葵（モミジアオイ）、月見草（オオマツヨイグサ）、孔雀草（ジャノメソウ）、ヒュアシント（ヒヤシンス）、ヤグルマ草（ヤグルマギク）などを植えているからである。

◉花畑はドイツ留学の思い出

何故、鷗外は「花畑」をつくったのであろうか。それを解く鍵は、「花畑」がつくられた年にありそうだ。『花暦』を記したのが明治三十年であれば、二十九年以前に草花が植えられていなければならない。観潮楼に引っ越したのは、二十五年であるからそれ以降である。

明治二十七年に観潮楼の庭で撮影された写真に、盆栽棚を背景に、父・静夫と弟・潤三郎《じゅんざぶろう》が並んで写っている。その写真の「花畑」には植物が鬱蒼と繁茂しており、生長の状態から植え付けは前年の二十六年ではなく、二十五年であると判断できる。観潮楼への引越しと同時に「花畑」への植栽が始まったのであろう。

鷗外が引越し早々に「花畑」をつくりたくなったのは、ドイツみやげ三部作の完成と無関係ではない。鷗外は、明治二十三年一月に『舞姫』、八月に『うたかたの記』、二十四年一月に『文づかひ』を発表している。この三つの小説は、ドイツ留学をもとに書いたものである。

帰国後、彼を追って来日したドイツ人女性への自責の念から生じた、鷗外のわだかまりは、自己弁護とも言える小説によってある程度解消されたであろう。三部作を書いたことにより心の中の整理はついたが、逆に忘れかけていたドイツでの青春が呼び起こされたのだろう。それで、留学生活を思い出させる、ヤグルマギクやヒマワリなどの咲く花園をつくったと推測した。

観潮楼の「花畑」にて。父・静夫（左）と末弟・潤三郎
（明治 27 年夏撮影、文京区立森鷗外記念館蔵）

娘・茉莉も、「花畑」の花々は留学生活を思い出させるものばかりであると言っている。ドイツでの思い出を形として残すこと。それは、三つの小説を書くに加えて、「花畑」をつくることによって達成されたと見ることができる。

初期の三部作がドイツ留学なしには生まれなかったように、「花畑」もまた、ドイツ留学なくして観潮楼にはできなかったであろう。小説家を目指して留学したのではないように、鷗外は当初はガーデニングなど考えてもいなかった。だが、彼の亡くなるまで「花畑」に花の絶えることはなかった。鷗外はドイツ留学の思い出を心から大切にしていたのである。

第十章　日記を彩る無数の草花

鷗外がいかに植物に関心を持っていたかは、日記を見れば一目瞭然である。それは、日常的に無意識のうちに植物を求めており、何であるかを確認している。植物好きの人は、歩いている時はもちろん、電車や車に乗っている時でも、目に入る植物が何であるかを意識せずとも確認しているものだ。鷗外も同様で、その中で気になった植物を日記に記している。

そこで、鷗外の日記から、植物に関連する記述を含めて示す。なお、明治二十七年八月から翌年十月までは前記の『徂征《そせい》日記』に示している。ただ、明治三十五年四月以降、四十一年までは、日記がないため、その間の書簡などに記された植物を示す。再三述べているように、記されている植物は一部であるが、彼の植物への関心がどのように変化したかを示したい。

◉明治三十一年日記

明治三十一年の鷗外は、三十六歳。公務では近衛師団軍医部長兼医学校校長。その年、『審美《しんび》新鋭《しんえい》』を自ら主宰する文芸雑誌『めさまし草』に訳載、『智慧袋《ちえぶくろ》』を時事新報に連載、『美学史抄』を寄稿、『西周伝《にしあまねでん》』を出版、等々と執筆。『公衆医事』（日本医学会）の編集を担当。また、楷行社《かいこうしゃ》編集部幹事を嘱託され、亀井家の貸費学生選考委員も勤めるなど、まさに脂ののった活躍ぶり。

明治三十一年の日記は、一月一日から始まり、暮れの十二月二日まで書かれている。植物名の記載は二月二日から九月八日まで約七ヶ月間におよんでいる。

「二月二日（水）。風。大森の梅開くと聞く。」

「四日（金）。……是日向嶋の梅開くと聞く、吾家御園の梅も亦数枝綻び初めたり。」三畳間のそばにあるウメ。

「三月十七日（木）。暄常に殊なり。後園の Hyacinthus 花開く。」ヒヤシンスが咲いた。

「二十一日（月）。椿開く。」北側の庭のツバキだろう。

「二十二日（火）。連翹開く。」

「三十日（水）。木蘭開く。」南側の庭にあるハクモクレン。

「四月一日（金）。桃、木瓜、早桜開く。」花畑西側のモモ、花畑南側のボケ、早桜はエドヒガン。

「七日（木）。秋花の種子を下す。」

「十日（日）。奠都三十年祭あり。棣棠開く。」ヤマブキ。

「十三日（水）。……海棠開く。」東側の土蔵前のハナカイドウ。

「十六日（土）。花壇をひろむ。」

「十八日（月）。……石楠開く」アズマシャクナゲ。

「二十三日（土）。……築山庭造傳《つきやまていぞうでん》を買ふ。」

「二十五日（月）。躑躅開く。」オオムラサキツツジ。

「二十六日（火）。……江戸名園記……買ふ」

「五月一日（日）。暄。花園を修治す。」

「十日（火）。桐、藤の花開く。」南庭のアオギリ、北側木戸のフジ。

「十四日（土）。夕より風。卯花開く。」ウツギ。

「十六日（月）。菖蒲、白及華さく。」花畑のアヤメ、シラン。

「二十日（金）。風。萱草開く。」ゼンテイカかヒメカンゾウ。

「二十一日（土）。罌粟、銭葵開く。」花畑のケシ、ゼニアオイ。

「二十三日（月）。やくるま草開く。」花畑のヤグルマギク。

「二十四日（火）。小桜草開く。」ユキノシタ？

「二十九日（日）。鉄線花開く。」テッセン。

「三十一日（火）。……玫瑰・あらせい開く。」マイカイ、アラセイトウ。

「六月八日（水）。葵、凌霄葉連、沢桔梗、せんのう等開く。」花畑のアオイ、ナスタチウム、ハタザオキキョウ？　ガンピ。

「十一日（土）。玉簪花開く。」南庭の池近くのタマノカンザシかオオバギボウシ。

「十二日（日）。大村白井の二人と高嶺秀夫の大塚に訪ふ。……主人と庭園を歩む。Magnolia grandiflora の盛り開けるあり。さらの木の大なるあり。花蕾の将に綻んとするを見る。……午後千樹園に至る。終日天気好かりき。」タイザンボク。

「十五日（水）。玉露叢を買う。」ジャノヒゲ（リュウノヒゲ）。

「二十二日（水）。金絲桃開く。」ビヨウヤナギ。

「二十五日（土）。鉄砲百合開く。」花畑のテッポウユリ。

「七月三日（日）。萱艸、桔梗、『ダリアス』、薊けし開く。」花畑のノカンゾウ、キキョウ、ダリア、アザミゲシ。

「六日（水）。百日草開く。」東側の庭のヒャクニチソウ。

「十二日（火）。……みそはぎ開く。」花畑のミソハギ。

「十七日（日）。石竹、おいらん草、凌霄、孔雀艸、射干、敗醤等開く。」花畑のセキチク、オイランソウ、ノウゼンカズラ、クジャクソウ、ヒオオギ、オミナエシ。
「二十二日（金）。……百日紅開く」門に近い場所のサルスベリ。
「二十三日（土）。おしろい開く。」花畑のオシロイバナ。
「二十七日（水）。……朝貝、縷紅開く。」アサガオ、ルコウソウ。
「三十日（土）。百合開く。」花畑のヤマユリ。
「八月四日（木）。……鷗駝氏来りて園を治す。」
「五日（金）。紅蜀葵開く。」花畑のモミジアオイ。思われる。
「二十日（土）。萩開く。」ヤマハギ。
「二十一日（日）。芙蓉開く。」花畑のフヨウ。
「九月八日（木）。向日葵開く。」花畑のヒマワリ。
「十月二十日（木）……青山御所を過ぐ。園丁の菊を養ふを看き。微雨。」キク。

●明治三十一年日記と『花暦』の比較

明治三十一年の日記は、初めから花暦を入れることを念頭に置いていたと思われる。植物に関連したことを記述した日が四五日。自庭の開花については、三五日分もある。日記の記載が開花だけで終わっている日は一九日、また庭作業だけの日が四日もある。なお、文頭に開花が書かれている日も六日ある。『花暦』より開花の記録は八日少なくなっているが、庭作業など関連した記述日を入れれば逆に二日も多い。

最初の「大森に梅開く」は、自庭のウメの開花を待ちこがれていたことを反映したものである。数日前から観察していたので、その二日後に、自庭での開花を確認できた。その後、一月以上花の記述はない、それは、毎日のように庭を見ていたが、降雪日が多く花が咲かなかったからだと思われる。三月の半ば過ぎに花畑のヒヤシンスが咲くと、庭の花は続々と咲きはじめた。

開花の記録は、五三種におよんでいる。明治三十一年当時、日記に自庭の花暦を記した人は、おそらく他にはいないだろう。公私ともに多忙な鷗外がよくこれだけ丹念に記録できたものだと思う。そう考えると、彼が開花日記を付けたのは、無類の花好きだったからだと断定してもさしつかえなかろう。

現代でも、ガーデニング日記を付けている人なら経験することだが、開花を見落としてしまうことが多々ある。鷗外にもそれらしき箇所がある。六月八日の記述は、四種あるが、たぶん以前に咲いていた花も一緒に書いている感じだ。それでも、五月二十日から二十四日まではその日ごとに書いている。こまめに開花の記録をつけるのは、なかなか大変なことである。

鷗外は、花の咲くのを楽しみにして庭を探して歩いているわけだが、その一方で、病気や害虫の発生もチェックしていた。もちろんこのこと自体は、ガーデニングをする人なら当然のことだが、観潮楼の敷地は三〇〇坪余と広く、隅々まで見るのは容易なことではない。したがって、かなりの見落としがあったものと思われる。

三十一年日記に記された花と『花暦』の花数を比べると、一〇種増えて、二五種減っている。これは、『花暦』を書いた年に見落としたものが増えて、三十一年には書かなかった花がいくつもある、ということであろう。特にシャラノキ（ナツツバキ）や桐（アオギリ）は『花暦』を書いた年にもあったはずである。共通する花が四二種もあることからも、『花暦』は明治三十年に書かれたことは間違いない。

鷗外は、『花暦』をもとに、三十年の秋と三十一年の春に種を蒔き、花の移植を行ったのであろう。『花暦』は、花の色の組み合わせを考え、同じ時期に咲く花をまとめて植えるために必要であった。三十一年の日記は、その出来栄えを確認するために記したのではないだろうか。

◉永井荷風との比較

三十一年の日記は、『花暦』に負けないくらいで、一年分がそのままガーデニング日記と呼んでもよい程である。庭の手入れは行っていても、花の開花を記さない人もいる。鷗外の母などはこの種の人だろう。母・峰子は、鷗外の留守の間はもちろん、ふだんでも始終庭の手入れをしていたようだ。暇さえあれば草むしりや掃き掃除をやっていたが、峰子の日記に花が咲いたことを書いたのは、年にたった一回あるかないかというのだから、おもしろい。

花の開花を日記に書いている人物は他にもいたのだろうが、明治・大正時代の日記となると、容易に手に入らない。同時代の作家の日記は読むことが可能なので、探してみたが、鷗外に匹敵するようなものはほとんどなかった。ただ、森鷗外と交流が深く、先生と尊敬していたと思われる永井荷風の日記には、ガーデニングの記載がかなり見られる。

たとえば、荷風の『断腸亭日乗』には、開花と共に庭作業の記録が数多く登場する。大正七年五月十三日の日記には、「八ツ手の若芽舒ぶ。秋海棠の芽出づ。四月末種まきたる草花皆芽を発す。無花果の実鳩の卵ほどの大さになれり。枇杷も亦熟す。菖蒲花開かんとし、綿木花をつく。松花風に従って飛ぶこと煙の如し。貝母枯れ、芍薬の蕾漸く綻びんとす。虎耳草猶花なし。」とある。

ガーデニングに対する取組みは、鷗外よりむしろ熱心であったと思わせる節もある。鷗外のを開花日記とするなら、荷風は庭仕事日記とでも言うべきで、ガーデニングを愛好する者としては興味をそそられる。荷風の日記には、庭に植えられている花をすべて記載しようというような気負った感じはない。多少気まぐれで、たまたま目についたり、自分の気が向いた時々に記していくるような傾向さえ感じる。それでも、作家の中で日記にガーデニングに関する記述を残した人物と言えば、鷗外を除けば永井荷風を筆頭に挙げねばならないだろう。

◉明治三十二年『小倉日記』

明治三十二年六月八日、陸軍軍医監に任ぜられた鷗外は、小倉《こくら》の第十二師団軍医部長を命じられ、小倉に赴任することになった。『小倉日記』は、新橋を出発する六月十六日から始まる。

『小倉日記』には、赴任中ということもあってか、前年にはあちこちに見られたガーデニングに関する記述は激減している。それでも、七月五日の日記にコウライシバの記載がある。

「五日。……庭園朝鮮しば植ゑたり。繊葉毛の如く、秀潤愛すべし。籬辺林木の間多く様式の蜂屋を排列し、密を採りて旁業となす。」

続く八月の日記にも、花の記述はない。

「十一日。……此日家々竹を買ひ紙を裁ち、乞巧の備をなす。蓋明日は陰暦の七月七日なればなり。」があるくらい。

九月に入って、初めて花に関する記述が見られる。

「十九日。北方騎工兵営を看る。夕より雨ふる。庭前の百日紅尚盛りに開けり。客ありて曰く。此花毒あり。水に落つれば魚死すと。」などとある。

「二十五日。……堤上に草花の開けるあり。葉は三裂す。地より長茎を抽き出、茎ごとに数蕾を着け、その蕾相逓次して綻び開く。花は五弁にして淡紫色、雄蕊の尖又五分す……是れ所謂現の証拠といふものなり。広島の民は御輿花と名く」と植物には以前と変わらぬ関心を持ち続けていることがわかる。

「三十日。……壇上には、何人か栽ゑたりけん、鶏冠花盛に開けり。」と、ケイトウの花が咲いているのを発見している。日記以外でも、鷗外は母に宛てた書簡に花の報告をしている。

「九月十三日……この頃木芙蓉の花盛なるが津和野の事は覚えねど九州の木芙蓉の軒より高き大木となり居るは東京などゝ大ちがひ珍らしく存候」とある。このように行く先々で、植物への関心を持ち続けていたことがわかる。

十月には、

「二十二日。……此日日曜日に丁る。後圃の菊始て開く。南の縁端に兀座して日暮に至る。菊畑や暮れのこる白のところゞゝゝ」。

この菊について、十一月二日に出した、母・森峰子への手紙によれば、

「十月二十八日。……四五日雨勝なりしが今日は天にて小春びよりの気に御座候庭の菊は雨にたゝかれ好き花は皆痛み申候。」とある。

「十一月三日。……寺は長浜の東の丘上に在り。宮本武蔵の碑を観る。不老菴に入り、村醪を酌みて還る。此辺の海岸には槖吾の野生して花を開くもの多し。」の「槖吾」は、キク科のツワブキである。

◉明治三十三年『小倉日記』

明治三十三年は、元日から雪に見舞われている。

「七日。……雪の橘柚の枝上より墜つるなり。」

「二十二日。朝牧山を送りて停車場に至る。是日天気朗、苑内の梅花皆開く。又南の縁近き処には、金盞花の蕾を破れるあり。」さすがに九州だけあって、ウメの開花が早い。

「二十四日。宮川漁男来りて、松村任三氏の牻牛兒苗弁を借す。初め予所謂現の証拠を福岡に得て謂へらく。是れ牻牛兒苗なりと。今此文を見てそひ非なるを知る。乃ち左に基概要を抄す。

「ゲラニウム」Geranium 属にたちまち草あり、俗に現の証拠と云ふ。……（拉甸名は希臘語 geranos 鶴より出つ。英 Cranesbill 仏 Bec-de-grue 独 Storchschnabel 等の語皆同じ。）我異名はばいくわそう（草譜）ほとけばな（本草薬名備考和訓鈔）ほつけばな（木曾本草綱目啓蒙巻十三）ほつけそう（用薬須知續編八）べにばな（岩倉本啓十三）ちごぐさ（土州本啓十三）ちきりそう（用薬八）ちもぐさ（枚方本草紀聞十七）れんげそう（大和本草九）ねこあし（仙臺本啓十三）うめがえそう（古名録十四）ふうろそう（百花培養録）ふうれい（江州本啓十三）うゆのうめ（越後本啓十三）さくらがは（地錦抄附録二）みつばぐさ（本藥）みこしぐさ（長州本啓十三）等なり。漢名は植物名實圖考巻二十三載する所の紫地榆ありて、これと属を同うす。牻牛兒苗は我おらんだふうろうにして「エロヂウム」Erodiumc 属なり。牛扁は或いは「アコニツム」Aconitum 属の伜人草に充つれども、当否いまだ詳ならず。並に現の証拠と殊なり。夜雨。」という記述がある。

「現の証拠」とは、ゲンノショウコ（フウロソウ科）のこと。また、「たちまち草」は、すぐに効き目が現われる草、という意味でつけられたものらしいが、おそらく通称であろう。また、「みこしぐさ」は、果実が裂開した形が神輿の屋根に似ていることからつけられた名である。

当時はまだ、江戸時代の園芸書が容易に入手でき、一〇冊以上の園芸書からの記述が見られる。「牻牛児苗」はオランダフウロであり、属がゲンノショウコとは異なるということが書かれている。こうした記述からも、鷗外の植物への関心の深さ、また、博覧強記であったというその一端が、十分にうかがえる。

「二月三日。風雨。節分なり。市中柊を門に挿むもの多し。」

三月、東京に一時帰る。

「十九日。正午十二時御陪食《ごばいしょく》を仰付けらる。……格子天井は方眼ごとに花卉を画けり。庁の隅には盆栽の松と棕櫚とあり。花瓶には多くの外国種の草花を挿けたり。」

鷗外は皇居内での御陪食に招かれ、その時の部屋の様子を書き記している。興味のあるのは、松と棕櫚の鉢植を「盆栽」と書いていることだ。鷗外はまだ、「盆栽」を江戸時代風に「はちうえ」と読んでいたのであろう。

四月、小倉に戻る。

オランダフウロ

ゲンノショウコ

ツリフネソウ

「十七日。……花散るや半はこぞの柑子の葉」

「二十日。陰。後園の牡丹始て開く。」

五月、一時東京に行ったが小倉に戻る。

「十五日。午前六時三十分小倉の寓に還る。後園の牡丹散り尽して芍薬始めて開く。」

「六月一日。陰暦の端午なり。戸々幟を建つ。……大分に向ふ。……沿路麦圃多く、又櫨樹の林を見る。」

櫨樹は、ハゼノキ（リュウキュウハゼ）。蠟を採るために植林したものであろう。

「七月十七日。……望月又同国朝倉郡元屋永村黄金川産する所の寿泉苔数種を持ち帰りて我に贈る。紫金苔は厚紙の如くにして、長方形を成せり。花形苔は同じ苔を花紅葉の形に切りたり。松葉苔は細く長く刻めり。皆深黒なり。」

八月は、三日の日記に俳句が詠まれている。その中に「瓜」「細胡瓜」「蓮」などの単語が見えるのみ。九月には、植物に関することは何も書かれていない。

「十月八日。……宮川漁男山口村過ぎて『インパチエンス』Impatiens の一種釣舟草を獲て予に示す。葉は、菱形にして縁鋸歯の状をなし紅花を開く。漏斗に似て嘴端曲れり。」

「十一月七日……

　朝顔の藪を俺ふや井戸近み

鬼灯をやろとて呼びし娘屋哉
誰が好いて花壇のへりの唐芥子
南国は馬上に仰ぐ木芙蓉哉
籠塀や杉皮朽てからす瓜」

このようにいくつか詠まれた俳句の中に、植物の名前が登場する。場所は特定できないが、以前に見たのを詠んだものだろう。

◉明治三十四年『小倉日記』

この年は、植物や花に関する記述が少なく、三月末になって、東京・皇居での御陪食の時に初めてでてくる。

「二十九日。御陪食を命ぜられる。……参内可有之……彼には木瓜の盆栽あり、此には硝子戸外に山茶、藤の盆栽あり。」

四月には植物の記載がないが、五月になり、

「十八日。快。午前八時八分小倉を発す。徴兵検査の状況を視んが為めなり。車窓から望見すれば、新緑山野を填めて、所々躑躅花紫雲英の紅紫を点綴せるあり。亦以て目を悦ばしむるに足る。」

「十九日。……此日天気朗昨の如く、あふちの花の紫なる、野薔薇の花の白きなど頗る喜ぶ可し。」

二日連続の汽車の旅、好天にも恵まれ、目が思わず花に移ったものと思われる。以後の日記には、枇杷（六月二十日）が旨かったとある程度で、植物に関する記述はない。なお、母・峰子に宛てた書簡（九月の中に記されているが、月日不詳となっている）に、「十日の御書状拝見候。庭の模様がへ、北村におくりし朝顔の事など承候。」とある。観潮楼の庭の模様替えが行われたのかと思われるが、詳細は不明である。

ところで、鷗外はその翌年再婚して、小倉に住むようになる。当然のことながら生活は一変する。庭についても変化があったと思われる。独身時代の庭については、『鶏』に描かれた石田の庭の描写から推測したい。

「縁側に出て見れば、裏庭は表庭の三倍位の広さである。所々に蜜柑の木があって、小さい実が沢山生っている。縁に近い処には、瓦で築いた花壇があって、菊が造ってある。その傍に円石を畳んだ井戸があって、どの石の隙間からも赤い蟹が覗いている。花壇の向うは畠になっていて、その西の隅に別当部屋の附いた厩がある。」

小倉の庭には、これまでの日記にも記されたように、花ものとしては、前記のキク、ボタン、シャクヤクがある。むろん他にも植えられていたであろうが、詳しくは記載されないまま、『小倉日記』は終わってしまった。

樹木については、なにも書かれていないが、ミカン（蜜柑）がないことは確か。それから、『鶏』

ボタン

シャクヤク（赤花）

シャクヤク（白花）

サルスベリ

ザクロ

には、北向きの表庭に、サルスベリとキョウチクトウが植えてあることも書かれている。鷗外の庭にキョウチクトウは確かにあったが、サルスベリはなく、実際に植わっていたのはザクロであった。小説でサルスベリ（百日紅）としたのは、サルスベリとザクロの樹皮、また、花の形や花期などが類似しているため、木としてのイメージが優るサルスベリに置き換えたのではないかと推測される。

◉明治三十五年日記

一月、荒木志げと結婚する。八日、小倉へ夫婦で赴任する。

「二月二十三日。日曜日。広寿山《こうじゅざん》に遊ぶ。……茶店に小憩し、近村の梅花を看て還る。」

「三月十七日。赤坂に遊ぶ。人家の連翹開けり。路傍に始て菫花を見る。」

新婚生活に浸っていたためか、自庭の花の記述はまったく見られない。また、この年の日記は、三月二十八日で切れている。

後年になって、娘の杏奴は、両親を偲んで、足立山麓の禅寺広寿山福聚寺《ふくじゅじ》を訪ねている。そして、その時のことを、『朽葉《くちば》色のショール』「小倉と亡き父母」に以下のように記した。

「足立山を背景に、庭だけは昔のままという鬱蒼と生茂った巨樹につらなる広々とした芝生の緑を眺めていると、お抹茶と、菓子皿にのせた紅白の落雁が運ばれて来た。若き日の父母が、今私の坐っているようにこの縁側に坐り、この庭を眺めやったことと思うと懐しさに堪えず、お菓子と、境内で見つけた小さな雑木の苗を記念にと大切に掘って持ち帰った。」

さらに、杏奴は「私は旅先でいつも不思議に親切な、心の優しい人に出会う。田川の女中さんもその一人で福聚寺から持帰った苗のため、庭から土をとって来てビニールの袋に入れ、水で濡らして」と、植物への愛着を示している。たぶん杏奴は、父である鷗外のガーデニング好きな遺伝子を受け継いだのであろう。

さて、三十五年以降は、日記の記述自体が少なくなるに伴い、植物に関連した記述は激減する。もっとも、日記に記述がなくても、植物を見ていることは確かで、そのことは書簡や母・峰子の日記などから推測できる。

◉書簡に見られる花

明治三十五年四月以降、四十一年まで鷗外の日記はないが、妻・志げなどに宛てた書簡に、花に関する記述があるので紹介したい。

明治三十七年、日露戦争に従軍先から。

三月二十九日　森しげ子宛

「広島に来てから八日目……桃が咲いて居る。」

七月十日　森しげ子宛
「今とまつて居る家は植木ずきでいろいろな花をつくつて居る。多くは西洋花だが其の中に高さ二三尺の合歓木の鉢植があつて花が真盛に咲いて居るのはなかなか見事だ。」
九月二十六日　森しげ子宛
「時候は雨でも降ると寒いがれた日は丁度菊の頃の日和のやうで好い心持がする。昨晩など満月だから庭に出て長く見て居た」
十一月十五日　佐々木信綱宛
「九月の桜花とは今年九月末東京にかへり花咲きぬとの事をいふ何日頃なりや」

◉明治三十八年の植物
四月十五日　森於菟宛
「おとろへの秋ならなくにまづ黄ばむ青柳の芽をもてはやすかな」
四月十五日　森於しげ子宛
「けふはじめて柳の木の少し青く見える。又草の芽も少し出て来た。」
四月二十五日　森しげ子宛
「こちらも草がだんだん青くなつて来た。しかし柳に黄いろい芽が出たきりで木はまだ葉が一枚もない。」

五月四日　森しげ子宛

「こちらは今が春の初と春の中頃と一しよに来たやうなぐはひで桃だの杏だの李だの皆花がさく。」

五月九日　森しげ子宛

「草や木の花がみんな一度にさく。しかし梅や桜は一本もない。一番多いのは杏の花だ。これはおとうさんはごぞんじのとほり支那では艶な花としてあるのだが赤いのが一ぱいさいたところは中々きれいだ。草ではおきな草といふ紫の花が一番多くさいている。此中におきな草を一りん入れてある。」

五月二十日　饗庭與三郎《あえばよさぶろう》宛

「御書状花いろいろ入りしまゝ花恙なく到着いたし候。……高粱《こうりゃん》の穂を……大抵おやじが犂の方をやり子供が種をまき候。……當地草花はすみれたんぽぽの外おきな草といふ紫の花のみ其外は見あたらず候。」

五月三十日　森於菟宛

「ゆく春や楡の莢浮くにはたづみ」

六月一日　森於菟宛

「あやめさく畦を枕に戦死かな」
「すみれさくつかぬし美人なりけらし」
六月四日　森しげ子宛
「おきな草を送つてやつたら園芸雑志を見て知つてゐるなんぞは実に意外だ。」
六月七日　森於菟宛
「菖蒲すこし蓬おほくぞ葺いたりける」
七月十二日　森しげ子宛
「野原にはほうずきがひとりでにはえてみが少しづゝ大きくなつてゐる。土地がちがふと日本では作らなくては出来ないものもそこらぢゆうにはえるからおもしろい。」
七月十三日　森潤三郎宛
「みるかぎり芍薬赤き長白の桲路ゆかばあつくともよけん
　註云、琿春《こんしゅん》地方野生の芍薬路に遍し」
七月二十五日　森しげ子宛
「○野菜ものでささげや胡瓜が出たのでおかずがうまいのが出来るやうになつた。○いまに茄子が出るだらうとおもつて待つてゐる。しかし奉天からこつちでは畠でとんと茄子を見ないからあまりあてにはならない。○草原は鳳仙花で相変わらずきれいだ。よその村には百合がさくとこがあるさうだがおれはまだ見ない。」
八月七日　森於菟宛
「野にさめてさすかたしらぬあこがれにうつむき立てる姫百合のはな
あした媚ぶる紅鳳仙花ひとり野にわれそだちぬとひそめきかたる
こと草に丈はおとらぬ葉鶏頭すくすくしさよまだ色づかぬ」
八月初　小金井きみ子宛
「普通は『ひぐるま』とは『ひまわり』即ち向日葵の別名のやうにおもふが『ひまわり』の花なら少くとも直径かね一尺以上ある。其茎はにんじん牛蒡の根くらゐある。あれを髪にさす女の顔は正円形と仮定して直径かね五六尺はなくてはかなふまい。それとも別に『ひぐるま』といふこがねいろの花があるのかしらん。拙者は記憶してゐない。又旅中でしらべることも出来ない。『ひあうぎ』即射干は名は似てるが、赤とか朱とか樺色とかいふ外ない。『こがね』とはいはれない。」
八月七日　森於菟宛
「西瓜黄なる核は玳瑁《たいまい》のくろ斑哉」
十月二十二日　森しげ子宛
「十月十七日にこちらははじめて霜と氷とを見たがすぐ十九日には初雪がふつた。……野菜はもう菜葉が少しの外に何もない。」

以後の書簡には、花が咲いたという記述はない。

鷗外は、翌三十九年一月九日に東京に戻った。もともと三十九年に書かれた書簡が少なかったこともあるが、庭の植物に関する記載はない。また、四十年はさらに減って三通しかなく、これも植物などの記載はない。

●明治四十一年日記

この年、弟・篤次郎が死亡。『ソクラテスの死』などを翻訳。

日記は、一月一日から始まっているが、開花に関する記述が少ない。

「四月五日（日）……終日細雨、桜花半ば開く。」

どこで見たのかは不明だが、サクラの花の開花を記している。

「十一月一日（日）、……亀井伯家の老婦人と幼女三人とを菊見に請じまつる。」

「八日（日）、荒木老夫婦政子を伴ひて来訪す。菊を見す。」

●明治四十二年日記

同年、『半日』『鶏』などを発表。文学博士となる。次女杏奴が誕生。

「三月十二日（金）、陰。……白梅咲く。」

「三月十九日（金）、陰。花壇に雪どけの水こほれるを見る。頗寒し。」

「二十二日（月）、晴れて寒し。花壇に氷あり。」

「四月十日（土）、晴。……桜の為に市内賑ふ。」

「四月十三日（火）、半晴。……円葉の菫を堀りて持ち帰る。」

「二十六日（月）、晴。午後浜離宮に観桜会に召さる。」

「二十九日（木）、陰。生暖き南風盛に吹く。杜鵑花真盛なり。」

「五月二十三日（日）、晴。庭の芍薬開く。」

「七月二十九日（木）、晴。暑。上野を過ぎて不忍池の蓮花の盛に開けるを見る。」

「八月十三日（金）、半陰。紅蜀葵始て咲く。」

「十四日（土）、晴。朝風稍涼し。木芙蓉始て咲く。」

「九月二日（木）、……妻と茉莉と芝に往きて帰る。黄蜀葵苗を持ちかえり栽ゑつ」

黄蜀葵は漢名で、アオイ科のトロロアオイ、黄色い大きな花が咲く。庭に植えたのは妻か茉莉のどちらかもしれない。

「十八日（土）、雨。萩少しづつ咲き出づ。梨の宮に伺候す。内堀の岸に石蒜咲けり。」

ハギは庭で咲いたものだろう。皇居の堀の岸にヒガンバナが群生していたらしい。石蒜（セキサン）はヒガンバナ科のヒガンバナ（彼岸花）、マンジュシャゲ（曼珠沙華）ともいう。

トロロアオイ

ヒガンバナ

「十九日（日）、雨。……紫苑咲きはじむ。」と、雨の庭にシオンが咲きはじめる。

「十月一日（金）、晴。紫苑、萩盛なり。」

「二十四日（日）、晴。日曜日。……母と於菟と国技館へ菊を看にゆく。……妻と茉莉と連れ立ちて出で、団子坂の菊を看」なお、十二日に、「妻菊人形に案内す。」と来客を団子坂の菊人形を見に案内している。

この年の菊人形は、東京中の話題をさらった。国技館や団子坂などに見物客が殺到。国技館では、名古屋黄花園が四十日間にわたり、電気仕掛けの菊人形（経費四万円）を興行した。開園は朝八時から夜の十一時までと長く、入場料は大人二〇銭、小人一〇銭というから、庶民にとって決して安い値段ではなかった。

鷗外の住む団子坂では、大人一〇銭と国技館に

団子坂の菊（『新撰東京名所図会』第50編、明治40年より）

比べて割安。舞台がせり出し、七段八段もと場面を変え、義太夫の出語りまでつくという大仕掛けの菊人形を、人気の植木屋、種半がだした。当時の菊人形は、五段返し、八段返しは当たり前、ドンヂャン、ドンヂャンと鐘の音を合図に舞台が変わるという派手なこしらえで、それにつられて花の良し悪しなどろくにわからないような子供まで押しかけた。

十月の鷗外の家では、嫁姑の反目を反映するかのように、同じ日に東西の菊人形を見に、二組に別れて出かけている。

十一月は、庭の花についての記述はない。ただ、七日の日曜日、亀井伯の令嬢に菊を案内したとある。これはおそらく、団子坂の菊であろう。

◉明治四十三年日記

この年、雑誌『スバル』で『青年★』の連載を開始。この作品の中には、ハギ、ダリア、サザンカ、ナンテンなどの植物の名前が登場する。

二月の初め頃、茉莉が病気になった時のことが、『残雪』（森茉莉全集5）に綴られている。

「花畑の残雪である。春の節句も近いころ、まだ雪が残っていて、芙蓉や山吹の根元なぞに、ところどころ黒い土が出、枯れた枝、葉、なぞがちょいちょい見えている、花畑の残雪が、今も私の心の中にあるのは、大病の直り際に、花畑の見える部屋に敷いた蒲団の上に起き上がって、何日も何日も、終日花畑を見てくらした記憶が数え切れぬほどだった」

二月二十六日、茉莉の病気も回復しつつあったのか、鷗外は上野韻松亭《いんしょうてい》で、

「駒引くを待つ朝戸出の手すさひに
折りてそ見つる梅の初花」

と、歌っている。庭にウメでも咲いたのであろうか。

この頃、鷗外の関心は、茉莉、杏奴の二人の娘にあって、開花を記すのは四月からである。

「四月十日（日）。陰。悪路。桜花盛に開く。」

浅草松山町正覚寺に赴く途中で、満開のサクラが目に入ったのだろうか。

「十九日（火）。半陰。……桜多くは散れり。」

「六月十九日（日）。半陰。……天竺牡丹、月見草咲きはじむ。」

「九月八日（木）。雨。始て冷を催せり。木芙蓉盛に開けり。」

「二十一日（水）。霽。……（福岡）萩咲く。紫苑咲きはじむ」

「十月八日（土）。……紫苑の花盛んに開けり。」

「十六日（日）。陰。午後雨。……天竺牡丹二度咲の盛りなり。」

「十一四日（金）。晴。……槲の実落ちはじむ」

槲はブナ科のカシワではなく、スダジイのことと思われる。

ケシ

ユキノシタ

シラン

ナツユキ（キョウガノコ）

フクジュソウ

バイモ（アミガサユリ）

ムラサキツユクサ

ヤマブキ

「六日（日）。晴。野菊盛に開けり。」

「十二日（土）。晴。……所々紅葉を見る。」

「十三日（日）。好天気、妻茉莉と国技館、偕行社の菊を観にゆく」

「十五日（火）。半陰。……観菊に御苑にゆく。……紅葉次第に濃く染む」

「十七日（木）。半陰。……妻と茉莉と栄子を誘ひて、安田善三郎の家に菊見に往く。」

「十二月七日（水）。晴。寒甚しからず。庭の枯草に霜を見る。落葉。」

花畑には、片付け損なったのか枯草が残っていたもよう。

●明治四十四年日記

この年、『雁』『灰燼《かいじん》』などを発表。三男の類《るい》が一月に生まれ、鷗外は子供たちへの関心をさらに深めている。

「二月二十六日（日）。晴。……駒引くを待つ朝戸出の手すさひに祈りてそ見つる梅の初花」

「三月三十日（木）。半陰。桜盛に開けり。……庭園にて貝母の開けるを見る。」

「四月二日（日）。晴。……妻、茉莉、杏奴を伴ひて上野動物園に往く。」

花見をかねて外出したのであろう。陸軍省医務局長にして文豪である鷗外が家族そろって動物園に行ったのかと思うと、微笑ましい気分にさせられる。もちろん、自宅から歩いて行った。

「十四日（金）。晴。朝稍寒し。葉桜」

「五月九日（火）。晴。暖なり。罌粟を買ふ。」

罌粟は漢名で、ケシ科のケシ。どの辺りに植えたかは書かれていないが、たぶん花畑であろう。植えたのは、もちろん鷗外に違いない。

「二十七日（土）。薄曇。……園を治す。白及花開けり。」

鷗外は、午後からであろう、庭の手入れを行った。たぶん、その時にシラン（白及）の花が咲いているのに気づいた。

「六月七日（水）。陰。点々雨下る。……虫とりなでしこ、なつゆき盛なり。」

虫とりなでしこは、ナデシコ科のムシトリナデシコのこと。別にハエトリナデシコともいう。茎から出る粘質物で小さな虫をいかにも取りそうだというところから名付けられたもの。が、実際には虫を取ることはない。花の色は紅色もしくは淡紅色。江戸時代に西洋から渡来した。ナツユキは、キョウガノコの白花。

七月二十六日（水）、前夜大風雨に見舞われ、庭でも「花木も倒れたり」と、かなりの被害があったようだ。

以後、開花の記述はなく、十一月十五日（水）、鷗外は赤坂御苑の菊を拝観している。

「十二月十六日（土）、晴。初氷を手水鉢に見る。霜。」と、庭の様相はもはや冬である。

シャクナゲ

ヤマユリ

ヒナゲシ

ヤマハギ

シオン

セキチク（白花）

サフラン

フジバカマ

カンナ

◉明治四十五年・大正一年日記

この年、鷗外は五十歳。『かのように』『興津弥五右衛門の遺書★』などの作品を発表。

「二月十八日（日）。陰。寒。……庭の福寿艸咲く。」

この日、キンポウゲ科のフクジュソウが咲いた。鷗外は、この年あたりから再び庭への関心が高まったようで、日記に開花の記述が多くなる。

「三月二十四日（日）。晴。微寒。竹垣を結ひなほしに植木屋が来れり。終日子供と園にあり。」

この植木屋、於菟が書いた『父親としての森鷗外』「鷗外の母」によれば、「私の物心ついてからはいつもその家から山畑半平という職人が来て夏は庭前の銀杏、松、楓、椎、榧、梧桐、合歓木などの梢に登り枝葉を払って涼風の座敷に通うようにし、冬は霜除けのかこいをつくったりした。」と、この日はいつもの植木屋が訪れた。鷗外は、子供たちと花畑で庭作業をしながら、竹垣ができるのを見守っていた。

「二十八日（木）。晴。道湿りたり。寒からず。桜所々に開けり。」

「二十九日（金）。陰。桜盛んに開く。」

「三十日（土）。薄曇。悪路。花卉の芽多く出で。貝母の花開く。」

「三十一日（土）。晴。妻、茉莉、杏奴上野へ花見にゆく。」

春の到来を告げるように、サクラが咲き、庭の草花が芽を出し、バイモ（アミガサユリ）が咲きはじめた。

「四月三日（水）、雨。……木瓜、桃開く。」

「七日(日)。晴。寒けれど風なし。妻、茉莉、杏奴を伴ひて、荒川堤にゆく。……山吹咲きはじむ。」

ボケ、モモが咲きはじめ、鷗外一家は花に誘われるように荒川堤へ草摘みに出かけた。そして、家に戻ると、ヤマブキの咲いているのに気づいた。

「二十五日（木）。晴。……杜鵑花開く。」

庭のシャクナゲが咲いたようだ。

「五月六日（月）。晴。……長原孝太郎来て鴨頭草の苗を贈る。」

庭に生育しているツユクサ科のツユクサ（漢名で鴨跖草）を贈ったのであろうか。花は青色であるが、この時点ではまだ開花していないだろう。もし花が咲いていたとしたら、ムラサキツユクサ（ツユクサ科、北米産の多年草、明治初期に渡来）だ。もっともツユクサはその辺りで見られる雑草（一年草）で、わざわざ苗を贈るまでのことはないと思われる。断定はできないが、ツユクサより美しく、紫色の大きな花を咲かせるムラサキツユクサではなかろうか。

「三十日（木）。晴。……百合、罌粟開く。」

ヤマユリと前年買ったケシ（ヒナゲシ？）が咲いた。その後、開花の記述は九月までない。ただ、六月二十三日（日）に、妻、茉莉、杏奴と共に小石川植物園へ出かけている。そして、七月二十一日の夜、『田楽豆腐★』を書き終えたとある。さらに、七月二十九日（月）に、「茉莉、杏奴植物苑に往く。」とある。

「九月十九日（木）。陰。胡枝花開く。」

「二十日（金）。陰。……紫苑開く。」

胡枝花は漢名で、マメ科のハギ、ヤマハギであろう。翌日、シオンが咲いた。

この年の花暦は、これで終わる。鷗外が庭の手入れをしていたのは、日記で見る限り、一日（三月三十日）しかないように見える。庭は、あまり手入れを必要としないのであろうが、それにしても年一回で済むわけがない。また、庭の管理には、植木屋を入れ、母の峰子も草取りなどをしているが、高齢のため力仕事は無理。やはり、日記に書かれた日以外にも鷗外自身が手を入れていたものと思われる。

十一月三十日（土）、初霜であろうか、鷗外は槭（カエデ）の「落葉庭を覆ふ」と記している。

◉大正二年日記

この年、鷗外五十一歳。『阿部一族★』『佐《さ》橋《はし》甚《じん》五郎《ごろう》』などを発表、翻訳戯曲『ファウスト』『マクベス』などを刊行。

「三月五日（水）。晴。稍暖……芍薬の芽出づ、福寿草開く。」

「十六日（日）。半陰。園を治す。芍薬、貝母の芽長ぜり。」

「二十三日（日）。半陰。園を治す。」

「三十日（日）。晴。……午後園を治す。」

「四月二日（水）。晴。桜花盛んに開く。」

「三日（木）。晴。終日園を治す。夕より興津彌五右衛門に関する史料を整理す。」

「六日（日）。晴。阿部一族等殉死小説を整理す。桃、山吹咲き初む。」

「十四日（月）。薄曇。葉桜。」

「十六日（水）。陰。……杜鵑花の莟。」

「十七日（木）。陰。……麻布賢崇寺に往く。……椿、山吹の盛なり。」

桜は葉桜となり、シャクナゲの蕾もふくらみ、ツバキやヤマブキの花が盛りとなった。その後、開花の記述は五月末までない。庭作業もなくなったかと思ったが、そうではない。

「六月一日（日）。晴。園を治す。妻、茉莉、杏奴、類三越に往く。」

妻と子供たちは三越に出かけた。いつもなら、鷗外も一緒に行くはずだが、この日は一人、花畑で作業をしていた。

「五日（木）。陰。……白花の石竹を買ふ。」

この日購入したセキチク、いつ植えたかは日記に書かれていないが、庭のどこかに植えたに違いない。この年は、日記に書かれただけで五日間も庭で本格的な作業をしている。その他にもセキチクを植栽しているように、当然のことながら花畑の見回りや植える場所の草取りをしていた。さらに、害虫が発生すれば、それらも対応したはずである。

鷗外は、庭作業をしながら何を考えていたのだろう。単なる気晴らしだけであったはずがない。『大塩平八郎』など以後発表される作品の量から推測して、花を見ながら頭の中では作品の構想を練っていたに違いない。

「八日（日）。晴。……予杏奴、類を伴ひて植物園に往く。」

「十九日（木）。晴。暑。灰色の雲。風僅に木葉を揺るがす。」

「二十日（金）。晴。暑。虞美人艸開く。」

この虞美人草（ヒナゲシ）は、前々年に購入した罌粟（ケシ）ではないかと思われる。この年の一月に発表された『ながし』の中に、「虞美人草の間の草をむしつてゐた。」という文章がある。

鷗外は前年、実際にヒナゲシの除草を行ったのだろう。そして、この作品の中に登場する花は、ヒナゲシだけである。それがヒナゲシでなければならない理由は特にない。鷗外は、虞美人草の花が好きで個人的な興味があったので、他の花ではなくこの花を選んだのだろう。

「二十四日（火）。陰。……月見草開く。」

以後花が咲いたというような記述はない。この年も鷗外は、十一月二日（日）に「妻、茉莉、杏奴、類を伴いて、午後植物園に往く。」と一家仲むつまじいところを見せる。また、十一日（火）には観菊会のため赤坂離宮に出かけた。

ガーデニングとは直接関係ないが、十二月二十五日の日記には、「夜樅の木に燭火を点してNoëlの祭の真似をなす。」とある。この樅の木はどこから入手したのか、息子の類（『鷗外の子供たち』「茉莉の結婚・父の死」）によれば、「冬は植木屋が来てビールの空箱に樅の木を植えて洋室にはこぶと、すぐにクリスマスが来た。」とある。当時の新聞を見ると「我家のクリスマス」という記事（二十三日付・読売新聞）はあるが、家族でクリスマスの行事を楽しむという習慣はほとんどなかったようだ。クリスマス・ツリーを自宅の室内に飾ることは、まだ大正時代の初めにはごく稀であった。このことから、鷗外の嗜好は、ドイツ留学が深く影響していることがわかる。

◉大正三年日記

この年、『大塩平八郎』『曽我兄弟』『サフラン★』などを発表。

「一月二十九日（木）、晴。寒。庭の福寿草華く。」

三月に出された『サフラン』によれば、ヒヤシンスやバイモが花壇に芽を出している。鷗外の書斎に置かれたサフランも、鉢から緑の糸のような葉を垂らしていた。

『サフラン』によると、鷗外は幼い頃から知識欲に溢れ、植物への関心も高かったようだ。子供の頃からサフランに興味を持ち、この二、三年前にも上野花園町付近で見つけている。ただそれまでは、図譜で知っていただけで、本物を見たのはこれが初めてであった。季節は冬の真っ盛り、温室以外は全く花のない時期で、それだけにサフランの花が咲いていることに鷗外はかなり驚いたようだ。

そういえば、前年の十二月にも、白山下の花屋でサフランを見つけた。この時鷗外は、わざわざ散歩の足を止めて二球購入した。値段は二銭。もり・かけ蕎麦の値段が一銭五厘、あんパンが二銭という時代である。今から見ると、けっこう高価な気がする。

「三月八日（日）。晴。終日異様に暖なり。園を治す。」

「二十四日（火）。雨。……桃、木瓜の蕾。」

この年は、暖かったと見えて、花の開花が少し早いようだ。ただ、毎年のように記されている、サクラの開花の記述が見あたらない。気がつかないうちに散ってしまったようだ。

「四月十二日（日）。晴。微寒。園を治す。」

「二十三日（木）。晴。寒。暄。桜花八重のも殆皆散る。山吹、杜鵑花、桜草咲く。」このあともヤマブキ、シャクナゲ、サクラソウと咲く。

「五月一日（金）。晴。白雲。……官衛の藤花開けり。」

四日より東北出張、十九日に帰る。その後、開花の記述はまったくない。なお、十二月一日に「小池正晁に花を贈る」とあり、年忌の花である。

◉大正四年日記

この年、『山椒太夫★』など発表、詩集『沙羅の木』を刊行。

「二月二十一日（日）。晴。……山縣公と倶に小梅の梅を看る。」

「四日（日）。晴。今年に入りてより始て園を治す。」

しかし、その後の日記には、庭の植物についての記述は何もない。ただ、二十三日「浜離宮の観桜会に往く。」や二十五日に「妻子と小石川植物園に往く。」がある。さらに、五月九日「柏原幸子、妻、茉莉、杏奴、類と植物苑に往く。」がある。この「植物苑」は、八月二十九日に「杏奴、類を伴ひて小石川植物苑に往く。」とあるから、小石川植物園だろう。

他の記述として、「七月十八日（日）。晴。牽牛花を椿山荘に送る。」

また、十月一日（金）の日記の「摘要欄」に「紅葉一枝　朝雨　大嘗祭」がある。

「十月三日（日）。薄曇。妻、茉莉、杏奴、類を伴ひて、柏木にゆく。花洲園址に憩ふ。」

「十一月一日（日）。晴。……宇山守節松を贈る。道碩遺愛の木なり。」

◉大正五年日記

この年、母峰子が三月に死去。医務局長を辞任。『高瀬舟』『寒山拾徳《かんざんじっとく》』などを発表、『渋江《しぶえ》抽斎《ちゅうさい》』『伊澤蘭軒★』などを連載。

この何年か観潮楼の庭は、鷗外よりも峰子の管理によって美しさを保っていたようだ。於菟は『父親としての森鷗外』「鷗外の母」に、

「少しの暇があれば庭に出て落葉を掃き雑草をむしり、なお庭の一部に草花をつくって終日楽しげに身体を動かしていた。」と書いてある。

鷗外は、四月に医務局長を辞任し、自宅にいることが多くなる。そのため、庭で作業する時間的な余裕は十分あった。しかし、前年同様、日記に庭の草花の記載はない。庭への関心が薄れたのかとも思うが、植物との関わり合いは依然続いている。観桜会（四月十九日）、小石川植物園（四月二十一日、五月十四日、六月二十六日、八月七日、八月二十一日）、井の頭公園や日比谷公園など、緑や花のある場所に好んで訪れている。

「五月二日（火）。陰。……麦緑なり。」

「花畑」に立つ鷗外（大正５年撮影）
（文京区立森鷗外記念館蔵）

「十二月二十日（月）。晴。赤坂離宮に往く。看菊に召されたるなり。」

◉大正六年日記

この年、鷗外は五十五歳。『伊澤蘭軒』を九月まで連載、続いて『北条霞亭《ほうじょうかてい》』などを連載。また、大正六年の、日記にも庭の植物のことは何も出てこない。それでも、あちこちで花は見ていたようで、シャクナゲやハス、ツツジなどの名前が日記に記されている。五月二十八日に出かけた三河島喜楽園《きらくえん》では、スイレンの花を見るだけでなく、蘭草（フジバカマ）を入手。当然のことながら、鷗外は自分の庭に植えたものと思われる。

植物があり、花の咲いていそうな場所に鷗外が出かけていった日数を数えると、実に三〇回ほどもある。植物の名前の書かれていない日もあるが、花を見たであろうことは、出かけた場所から推測して明らかである。そこで、鷗外の出かけた日記を以下に示す。

「二月八日（木）。晴。類と日比谷公園に往き」

「十四日（水）。晴。妻と類を率いて亀戸菅廟（亀戸天神）」

「十九日（月）。晴。類と日比谷公園に往く」

「二十四日（土）。晴。……日比谷公園に憩ふ」

「三月十一日（日）。晴。与妻茉莉類杏奴歩日比谷公園。」

「十二日（月）。陰。与妻類遊浮間原《うきまはら》」

「二十二日（木）。陰。……夕独歩不忍池畔」

「三十日（金）。晴。与妻茉莉杏奴類遊多摩川」

「三十一日（土）。晴。与妻茉莉杏奴類遊植物園」

「四月五日（木）。晴。遊浮間原」

「六日（金）。晴。南風勁……与妻類遊上野。桜花盛開」

「十七日（火）。晴。往新宿御苑」

「十九日（木）。晴。与妻並類往芝公園」

「四月二十六日（木）。晴。……倩舟至荒川堤。観五色桜。」

「五月三日（木）。晴。与類並級友遊植物園。」

「十六日（水）。晴。……夜至日比谷公園。観杜鵑花。」

「十七日（木）。晴。与茉莉杏奴類往芝公園」

「二十七日（日）。晴。……夕与茉莉、杏奴、類往日比谷公園」

「二十八日（月）。晴。与妻往三河島喜楽園。獲蘭草帰。園地睡蓮盛開。尤可愛也。」

「二十九日（火）。晴。与妻往新大久保躑躅園」

「六月一日（金）。初陰午後。与妻往堀切園。」

「七日（木）。晴。与妻往目花園」

「七月二十二日（日）。晴。爽率妻孥歩不忍池上。夕再歩池上。」

「二十五日（水）。後陰。溽暑。与妻児至不忍池上。」

「二十九日（日）。晴。微涼。朝率妻児往不忍池上看蓮。」

「八月五日（日）。晴。夕小雨。暑甚。与妻児至目植物園」

「七日（火）。晴。……夕率妻児往不忍池上。」

「十一日（土）。晴。向島百花園有放虫会。率三小児而往」

「九月二十六日（水）。晴。……与妻歩不忍池上。」

「十月二十三日（火）。晴。与妻、杏奴、類遊植物園。」

「十一月十一日（日）。晴。……予与妻及二女国技館（菊見）」


なお、鷗外は、この他にも椿山荘や上野動物園に出かけている。そこでも、当然何らかの植物を目にしているだろう。また、天気のよい日には、小石川や本郷など近在を散策し、江戸川、神田明神、諏訪神社などを訪れている。一月は九日間、二月は半月以上、三月から八月まで毎月一〇日以上散歩をしている。こうした傾向は、前年の八月から見られることである。

◉大正七年『委蛇録』

『委蛇録《いだろく》』は、大正七年一月一日から同十一年七月五日までの最晩年の日記である。前年十二月に就任した、宮内省帝室博物館の総長兼図書頭として参館・参寮するようになる。長男の於菟が再婚。十一月、奈良正倉院宝庫の開封に立ち会うため出張、約一月滞在する。なお、その疲れで、十二月は、ほぼ一月間、病気のため在宅療養。奈良へは、以後大正十年まで毎年訪れることになる。『礼儀《れいぎ》小言《こごと》』『北条霞亭』の続稿を発表する。

この年の花に関する記録は、以下の通りである。

「三月二十四日。日。晴和。看梅於荒木虎太郎家。」

「四月七日。日。陰。朝率妻子看花於上野。」

「十日。水。雨。……紀尾井町伏見宮邸。賞花。」

「二十八日。日。共茉莉、杏奴、類往植物園。」

「八月十日。土。晴。……睡蓮開。」　スイレンは観潮楼の庭であろう。

「九月一日。日。与妻孥往植物園。」

「八日。日。陰。与妻孥遊百花園。」

以後の日記には、出かけた先での花はもちろん、自宅の庭の植物についても、何も書かれていない。

ところで、観潮楼の庭は、当時どのようになっていたか。その辺のことは、類の『鷗外の子供たち』「二　父、鷗外のこと」に詳しい。

「庭から離れの西をまわると花畑と称する園に出る。生いしげったつつじと山吹のあいだから瓦を乗せた土塀が見え、団子坂通りをへだてた町屋の二階は檜の葉に隠れていた。右の隅に父の石像が据えられていた。木芙蓉の葉陰が大理石の像に落ちてチラチラと揺れていた。向日葵、立葵、紫陽花など背の高いものを植えこんで、自然にできた道も露に濡れるほど一面に咲き乱れた花々であった。

石やレンガでかこんだ花壇を父がきらって、茂るにまかせてあるので、虫取草や矢車草がはびこっていた。手入れは祖母がしたそうだが、雑草を抜いたり、馬糞をいけさせたりする程度のものであるらしかった。石像の背後に、裏門と言ってはいたがりっぱな門があって、離れの玄関までの通路は野木瓜のからまった四つ目垣で仕切られていた。

園に面した部屋を花畑の部屋と言い、縁が高いのに濡縁もなく踏石もないので、一度腰をかけてから履物をはいた。西側の酒屋の住まいで二階に窓があった。その下にかなり大きい桃の木があった。実はめったにならないが土に埋れた種を拾いに行った。

あらゆる花が咲き誇っていた園も、兄が新婚のころには、いくらか衰えを見せはじめた。祖母は死んだし、麻裏草履《あさうらぞうり》をおろした父が、兄夫婦の庭さきに長くしゃがんで、花の手入れをすることもなくなったからである。」

鷗外は一月から、帝室博物館に勤務するようになる。庭の手入れは、当然のことながら難しくなったと思われる。

翌年以降の日記には、観潮楼の庭の開花についてはなにも触れていない。しかし、杏奴の『晩年の父』「思出」を読むと、鷗外は庭の植物に少しは手を入れていたようである。たとえば、次のような一節。

「それからほんの少し苺を植えたら、紅い小さい実がやっと三つだけなった。

それでも父はとても喜んで、小さいお皿にそれを入れ、お砂糖をかけて父と私と弟と三人で一つずつ食べたが、取りたての故か大変美味しかった。

今、世田谷の私の家でも、苺を作っては毎日のように食べているが、この時の三つの苺の思出は如何しても忘れられない。」

●大正八年『委蛇録』

この年、初孫誕生。長女の茉莉が結婚。『蛙』刊行、『帝諡考《ていしこう》』の稿を起こすなどの活動を行なっている。ただ、前年の十一月、正倉院曝涼《ばくりょう》のため奈良出張にでかけた疲れか、十二月は「在蓐《ざいじょく》」が多く、年が明けても体調は戻っていなかったと思われる。三男・類が記したように、鷗外の体力が低下したこともあり、観潮楼の庭での作業は日記に記されていない。花に関する記述は、以下の通りである。


「三月二十九日。土。晴。寒。参寮。退後与子女看花于上野。」

「四月七日。月。桜花皆開。」

「二十二日。火。見微看花会。」

「二十七日。日。晴。観牡丹於山田暘之園。」

その他、花に関連しそうな日記として、

「四月十二日。土。晴。参寮。率妻孥往鶴見花月苑。」

「七月一日。火。陰。放衙。率妻孥往小石川植物苑。」

「八月二十四日。日。晴。蒸暑。与子女往植物園。」

「十月十二日。日。与妻孥遊目黒植物園芝公園。」

◉大正九年『委蛇録』

この年の鷗外は、時々「病在家」ながら、「参館」「参寮」と上野と自宅を往復する生活で、ほぼ前年と同じである。『ペリカン』を訳載、『霞亭生涯《かていしょうがい》の末一年《すえいちねん》』を連載など。

二月「四日。水。晴。……佐佐木信綱貽盆栽スイセン花。」

四月「十一日。日。晴。桜花皆開。」

二十日は、「見召観桜会。不往。」と、鷗外は恒例の二十日の観桜会に出席しなかった。

●大正十年『委蛇録』

この年、『元号考』の稿を起こす。『古い手帳から』連載など。

鷗外は、日曜日を除いてほぼ毎日のように、上野の帝室博物館と図書寮へ一日置きにして通っている。花に関する記述は、四月に一回だけ。「十一日。月。晴。……上野桜花殆僉開。」

植物に関連しそうなものとして、三月「二十九日。火。晴。参寮。杏奴類往植物園。」とあるが、この日は平日で参寮しているので、鷗外も同行したかはわからない。もし一緒に出かけたなら、「九月十一日。日。与杏奴類遊日比谷公園。」のように書いたと推測する。

なお、この年も十一月に奈良などへ出張している。

●大正十一年『委蛇録』

この年、鷗外は六十歳。

「四月一日。土。桜花盛開。」

「二日。日。晴。栽花東園。」

これが、日記に登場する最後のガーデニングである。植えたのはスミレかもしれない。次の日曜日は雨。その次の日曜日（十六日）、晴れると、鷗外は杏奴と類とともに小石川植物園へ歩いて行った。これも最後である。

「十六日。日。晴。……杏奴類往小石川植物園」

鷗外は、四月三十日、夜行列車で奈良へ、五月二日に正倉院。三日は、病気を押して出かけた先で、雨で正倉院が休みになったのを幸い、周辺を散策し珍しい草花を採っている。五月三日の日記は、「水。雨。歩街。京人贈醃蔵菜花」。この日のことについて、杏奴は『晩年の父』に、「母から聞いた話」として、

「今日は雨が降ってお倉が開かないので、傘をさして、足駄をはいて、何処其処へ行きましたと言うような手紙が私や弟の所に大分来ている。時には近くの山へ行ったりして珍しい山の草花を押花にして送ってくれたりしていた。こんな事が体にいけないのは勿論の事であろう。」と、書いている。鷗外は、亡くなる二月前になっても、花に対する関心を持ち続けていた。

鷗外は、病身を押して奈良に出張した。イギリス皇太子の正倉院参観に合わせ、奈良へ五度目の旅行である。途中、いくどか病臥し、その為もあって、六月半ばから体調不良で在宅、七月九日死去。

◉没後の観潮楼の庭

鷗外が亡くなった後、観潮楼の庭はどのようになったか。

杏奴は、

「父の死んだ年、何時もそれほど花の咲いた事もない沙羅の花が一面に咲乱れて、石の上や、黒い土の上に後から後からそのままの形でいっぱい散った。

母はそれを拾っては父の位牌に供えていたが、その翌年は既う枯れてしまって、どのように丹精してみても駄目になってしまった。」

シャラノキに鷗外を重ね合わせていたのだろうか。

「父が気にして落ちると拾いに出ていた花が、その死と共に直ぐ枯れてしまったのを母はひどく心細がっていた。

暫くして母と二人で散歩に出たら、夜店に思い掛けなく小さい沙羅の木の植わった盆栽があったので、それを少し離れた場所に植えて置いた。」

庭は、残された母と杏奴、類によっていくらかは手が入れられていたようだ。

「父がいた時のように私は翌年も自分でカンナの花などを植えた。

朝早く起きて、それでも華やかな色に露を含んで咲いたカンナの花を眺めて、僅かに心を慰めている十四の少女であった私の心持を、墓の中の父は解ってくれたであろうか？」

と杏奴は、『晩年の父』に「思出」を綴っている。

森鷗外の墓（津和野町・永明寺）

あとがき

鷗外との出会いは、拙著『大正ロマン東京人の楽しみ』（中央公論新社、二〇〇五）の執筆で、鷗外の日記から一三〇程の引用をしたことです。その時、行楽活動だけでなくガーデニングや植物についても、興味ある記載を発見しました。それから鷗外の作品に目を向けるうちに、『花暦』にめぐり合ったのです。

『花暦』には、鷗外の自邸・観潮楼（東京都文京区）の庭に生育していた花が、七〇近く記されていました。その花々を見ると、なんと六割以上の植物が私の庭にもありました。偶然かもしれませんが、好きな花も共通しており、植物への接し方も似ていると感じました。花は自然らしく咲くようにと心掛け、花を自分の意を優先して栽培せず、あくまで自然の成り行きに委ねます。

好きな植物を通しての深い因縁を鷗外に感じ、植物から得る自然への感性にも共感しました。その衝撃から、文学者でない私は、文学者とは異なる視点で鷗外を探ることに駆り立てられました。

そのような思いを理解し、教授して頂いたのは、津和野町森鷗外記念館館長の山崎一穎様です。氏から、鷗外を「花卉草木の詩人」であると言った石川淳を、また、稲垣達郎の『鷗外、草花、自然』が「花好き」の論考であることを、さらに大屋幸世が述べた「草花の記述量と創作活動の活発さが比例している」こと、などの貴重な助言を頂きました。さらに、津和野の鷗外旧宅の庭への植栽計画においてお気遣い頂いたことに深く感謝いたします。

また、元森鷗外記念館副館長・齋藤道夫様には、鷗外を知る上で不可欠な津和野の自然や植物などの風土を現地で解説して頂いたばかりでなく、資料の提供など多岐にわたってお世話になりました。それらのお蔭で、鷗外の原点となる林太郎に迫ることができたと、非常に感謝しております。

さらに、二〇二二年四月二十七日のＮＨＫ『ラジオ深夜便』で話した「鷗外が愛した草花」を聴いた方々からの反響に後押しされ、それに応えようと出版を決意することができました。その放送は、以前にも「花見の好きな日本人」でお世話になった、須磨佳津江様のお力によるもので、深く感謝し、御礼申し上げます。

本書が一般の方々にも読みやすいものになるようお力添え頂いたのは、八坂書房編集部の三宅郁子様です。

なお、森鷗外の花に関するものには、拙著『鷗外の花暦』（養賢堂、二〇〇八）、森鷗外記念館開館二〇周年記念特別展図録『鷗外百花譜』（二〇一六）などがあります。これら二書には、本書では頁数の制約などから紹介しきれなかった花の写真が多数掲載されています。併せてご覧いただければ幸いです。

最後に、観潮楼跡に建つ文京区森鷗外記念館の庭に、鷗外の花園が再現され、鷗外ファンによって維持管理されることを期待しています。彼の愛した花々を通して、鷗外が皆様にとってさらに身近な存在となることを願ってやみません。

二〇二四年三月

青木宏一郎

引用参考文献

青木宏一郎『鷗外の花暦』養賢堂　二〇〇八年
石川淳『森鷗外』三笠書房　一九四一年
石田頼房『森鷗外の都市論とその時代』日本経済新聞社　一九九九年
稲垣達郎『稲垣達郎学藝文集』第二巻　筑摩書房　一九八二年
伊藤伊兵衛『草花絵前集』一六九九（元禄十二）年
伊藤伊兵衛『広益地錦抄』一七一九（享保四）年
上原敬二『樹木大図説』有明書房　一九五九〜六一年
大屋幸世「鷗外と草花―鷗外日記から―」『鷗外への視角』有精堂出版　一九八四年
小堀杏奴『晩年の父』岩波文庫　一九八一年
小金井喜美子『鷗外の思い出』岩波文庫　一九九九年
小金井喜美子『森鷗外の系族』岩波文庫　二〇〇一年
小堀桂一郎『若き日の森鷗外』東京大学出版会　一九六九年
小堀鷗一郎・横光桃子編『鷗外の遺産1　林太郎と杏奴』幻戯書房　二〇〇四年
小宮豊隆編『寺田寅彦随筆集　第二巻』岩波文庫　一九四七年
日本植物友の会『日本植物方言集』八坂書房　一九七二年
日本園芸研究会編『明治園芸史』日本園芸研究会　一九一五年
法橋保國『繪本野山草』一七五五（宝暦五）年
梅枝軒来鴬『俳諧季寄圖考草木』一八四二（天保十三）年
平岡敏夫『森鷗外　不遇への共感』おうふう　二〇〇〇年
平川祐弘他編『講座　森鷗外　第二巻　鷗外の作品』新曜社　一九九七年

文京区立鷗外記念本郷図書館『写真でたどる森鷗外の生涯』文京区教育委員会　二〇〇二年
成島司直他『江戸名園記』古書保存書屋我自刊我書　甫喜山景雄　一八八一年
本田正次他監修『原色園芸植物大圖鑑』北隆館　一九八四年
本多錦吉郎『日本名園啚譜』平凡社　一九六四年
牧野富太郎『牧野新植物圖鑑』北隆館　一九八九年
正岡子規『子規全集十九巻　書簡二』講談社　一九七八年
室木弥太郎校注『新潮日本古典集成　第八巻　説教集』新潮社　一九八八年
森鴎外研究会編『森鷗外研究』和泉書院　一九八七年〜
森鷗外記念館『鷗外百花譜』森鷗外記念館開館二〇周年記念特別展図録　二〇一六年（島根県津和野町）
森於菟『父親としての森鷗外』筑摩書房　一九六九年
森潤三郎『鷗外森林太郎』一九八三年
森峰子著／山崎國紀編『増補版　森鷗外・母の日記』三一書房　一九九八年
森茉莉『森茉莉全集』全八巻　筑摩書房　一九九三〜九四年
森林太郎『森鷗外全集』全九巻　筑摩書房　一九七六〜七九年
森林太郎『鷗外全集』全三八巻　岩波書店　一九七一〜七五年
森類『鷗外の子供たち』ちくま文庫　一九九五年
横井時冬『日本庭園発達史』日本文化名著選　創元社　一九四〇年
山崎一穎『森鷗外 明治人の生き方』ちくま新書　二〇〇〇年
山崎一穎『森鷗外論攷　完』翰林書房　二〇二三年
山崎國紀編『森鷗外を学ぶ人のために』世界思想社　一九九四年
廖育卿「森鷗外訳『即興詩人』における文体表現：ドイツ三部作との比較及び再検討」『熊本大学社会文化研究６』二〇〇八年

本書で取り上げた主な作品のあらすじ

（書名五十音順）

『阿部一族』

肥後藩主・細川忠利は病に倒れて死ぬ。許しを得た十八人の家臣が殉死するが、老臣の阿部弥一右衛門は許しを得られなかった。冷笑された弥一右衛門は息子達の面前で切腹を遂げた。だが、阿部家は藩から殉死者の遺族として扱われず、家格を落とす処分をされる。鬱憤をつのらせた長男の権兵衛は、忠利の一周忌法要の席で髻を切り、非礼の廉で縛り首となる。藩からの度重なる恥辱に、阿部家一族は覚悟を決して屋敷に立てこもり、藩のさし向けた討手と死闘を展開して全滅する。「殉死」という武家社会の観念を冷徹で悲劇的に描いた歴史小説。大正二年一月『中央公論』誌に発表。

『伊澤蘭軒』

津軽家の侍医で考証学者・澁江《しぶえ》抽斎《ちゅうさい》の史伝『澁江抽斎』の執筆を通して、史伝の方法に自信を持った鷗外は、抽斎の医学の師である伊澤蘭軒とその周囲の人々についても執筆することを企図した。前半は伊澤家の系譜、埋もれていた蘭軒の事蹟などを記し、蘭軒の人物像を描き出す。後半は蘭軒の死後の遺子らの事蹟から、伊澤家と関わりのある人々について言及する。『東京日日新聞』『大阪毎日新聞』に大正五年六月二十五日～大正六年九月五日に連載された鷗外小説中の最長作。

『うたかたの記』

ミュンヘンに留学中の画学生・巨勢《こせ》は、六年前に窮地を救った忘れがたいスミレ売り娘のマリイと再会する。彼女の父はバイエルン国王ルードヴィヒ二世のお抱え画家だったが、国王は美しいマリイの母に邪な心を抱く。拒まれた王は二人を死へと追いやるが、マリイの母への想いは止みがたく狂人となった。孤児になり悲惨な生活を送ったマリイは、今は美術を学ぶため美術学校のモデルとなっている。巨勢はマリイに誘われるまま郊外のスタインベルヒ湖に向かう。互いの気持ちを確かめ合った二人は雨の湖の周囲を散策し船で遊ぶが、突然湖畔に王が現れる。マリイに母の面影を見た王は、マリイの方に歩み寄ろうと入水。マリイは恐怖のあまり湖に没する。ルードヴィヒ二世の水死事故（一八八九年）をモチーフとして取り入れた、幻想的な悲恋物語。鷗外自身が主宰する文芸誌『しがらみ草紙』（明治二十三年八月）に発表。

『興津彌五右衛門の遺書』

興津は細川忠興の命により、茶儀に用いる珍品を求めて長崎へ。そこで、香木を買い求める。高価であっても君命を重んじ本木をと主張する興津。無用の翫物だからと末木を主張する相役と口論となり、興津は彼を殺めてしまう。興津は切腹を願い出るが、主君から責任を許される。それから三十余年。主君の十三回忌まで生きながらえた恩に報いるために、興津は切腹する。興津が殉死する前に記した遺書という体裁で書かれた史伝短編小説。明治天皇崩御の後に乃木大将が殉死した事件に触発されて、短時日で書き上げ、大正元年十月『中央公論』に初稿を発表したが、翌年春に改作された。

『カズイスチカ』

千住で開業医をしている父の診療所で、時折代診をする医学士・花房は、大学で習った医学とは程遠い診療を行う父に反発すると同時に、患者に対する真摯な姿勢や死期を予測する確かさに感銘を受ける。父の代診として診察した「落架風」（顎関節脱臼）、「一枚板」（破傷風）、「生理的腫瘍」の話が、季節の移り変わりとともに回顧される。カズイスチカはラテン語で、「臨床記録」の意。明治四十四年二月『三田文学』で発表された短編小説。

『木精《こだま》』

山の谷間でいつも「ハルロオ」と呼び、木精が応えてくれるのを待っていたフランツが、成長してから谷間になかなか行けず、久しぶりに木精を呼んだときは木精は応えなくなっていた。フランツは、木精は死んだのだと考えたが、子供たちの呼びかけに木精が応えているのを聞き、木精は死んでいなかったと安堵すると共に、もう自分は叫ぶのはよそうと考えて山を降りる。鷗外はこの作品を時代とのズレを表す寓話として書き上げた。明治四十三年一月『東京朝日新聞』発表の短編小説。

『杯《さかずき》』

夏の朝、泉が湧く場所に十二歳くらいの七人の少女が、「自然」と銘のある銀の杯を持って水を飲みにやってきた。そこへ、青い目をした異国の少女が、小さな黒い杯を持ってやってくる。七人の少女は八人目の少女の杯を見て哀れみ、銀の杯を貸そうと申し出るが、彼女は七人が知らない言葉でそれを拒み、自分の杯で水を飲むのだった。明治四十三年一月『中央公論』誌に発表。

『サフラン』

子供の頃、字書で目に留まった「泊夫藍」について尋ねると、蘭医であった父は乾燥したサフランを取り出し見せてくれた。中年になった現在、私は花屋でサフランの球根を買い、鉢に植えて書斎に置くが、一ヶ月も水をやらずに放置してしまう。それでも、サフランは青々とした葉を芽吹かせて私を驚かせる。サフランという植物と私（鷗外）との歴史を語りつつ、物と名、物と人、人と人との接触やつながりを考察する。文芸演劇雑誌『番紅花』創刊号（大正三年三月）の巻頭を飾った随筆。

『山椒太夫』

安寿と厨子王の一行は、旅の途中、親切を装う船乗りに騙され、姉・安寿と弟・厨子王は丹後の長者・山椒太夫のもとに、母は佐渡に売り飛ばされてしまう。過酷な肉体労働を耐え忍んでいた姉弟だったが、ある日、姉は弟をさとして逃がし、自分は入水自殺する。その後、丹後の国守になった厨子王は佐渡へ渡り、盲目となった母親と再会する。安寿の形見である守り本尊の力で母の視力は回復し、親子は抱き合って喜ぶのだった。中世の芸能・説経節の「さんせう太夫」を原話とした短編小説。大正四年一月『中央公論』誌に発表。

『青年』

現代社会を描きたいという希望をもって東京へ出た文学青年・小泉純一が、初志に反して伝説を題材とした小説を書こうと決意するまでの体験と知的成長を描く。上京した純一は、著名作家のもとを訪ねたり、親しくなった医学生大村に啓発されたりしていた。ある日劇を見に行ったとき、偶然知り合った坂井未亡人と親しくなる。彼は次第に坂井未亡人のことが忘れられなくなり、未亡人を追って箱根へ向かう。だが未亡人は岡村という画家と一緒であった。恋慕していた未亡人をただの肉塊にすぎないと感じたとき、純一はこれまでにない創作意欲に駆られる。それは祖母から聞いた伝説であった。明治四十三年三月から翌年八月まで雑誌『スバル』に連載された鷗外初の長編小説。

『田樂豆腐』

木村は、自宅の庭に年々増えている西洋草花の名前を確かめるために植物園へ行く。出がけに、流行に敏感な妻からくたびれた帽子を買い換えるよう勧められ、店へ立ち寄るが、流行よりも機能性を重視した帽子を買って満足する。植物園では田楽豆腐に似た植物の名札が立っているものと無いものがあり、結局、花の名前は分からず目的は達せられなかった。だが代わりに、子供が木陰に寝転んだり、画学生が写生をしたり、書生が四阿で勉強したりと、植物園本来の機能とは異なる過ごし方をしているのを見て、ここが窮屈でない空間であることを発見し、不満は感じなかった。三越呉服店の宣伝誌『三越』(大正元年九月)に発表。

『魔睡』

法科大学教授・大川渉の妻が、母親の付き添いで訪れた医院で、神経科医の磯貝によって催眠術をかけられ、猥褻な行為をされた可能性を示唆する。だが、妻にもその記憶がないままで、腕をさすられたこと以外に、具体的に何が行なわれたのか、物語の中には登場しない。明治後期、世間には催眠術が玉石混交状態で溢れており、警察が催眠術取締法制定を画策しているほどだった。『魔睡』はこのような世情を背景に明治四十二年六月、雑誌『スバル』に発表され、物議を醸した。

『ヰタ・セクスアリス』

題名はラテン語で性欲的生活を意味する。哲学講師の金井湛《かねいしずか》は、性欲が人の生涯にどれだけ関係するかを、自分の性欲的生活の歴史のなかにたどろうと思い立つ。六歳の時に見た春画の話に始まり、寄宿舎で男色に誘われ窓の外へ逃げた話、硬派の古賀、美男の児島と三角同盟を結び吉原に行ったことまで、科学者的な冷静さで淡々と描かれた自伝体小説。明治四十二年七月に掲載した文芸誌『スバル』は、発禁となって世論を沸かせた。

鷗外作品に現れる植物一覧

＊分類は『牧野新日本植物圖鑑』（1988）に拠る

作品・記述	記載名	植物名	科	性状	年号
北游日乗	麰麦	オオムギ	イネ科	越年性草本	明治 15（1882）
	梅	ウメ	バラ科	落葉中木	
	茨	イバラ（総称名）	バラ科	落葉低木	
	柳	ヤナギ（総称名）	ヤナギ科	落葉樹	
	楓	カエデ（総称名）	カエデ科	落葉樹	
	杉	スギ	スギ科	常緑針葉樹	
後北游日乗	玫瑰	マイカイ	バラ科	落葉低木	明治 15（1882）
	菊	キク（総称名）	キク科	多年生草本	
	茶	チャ	ツバキ科	常緑低木	
	楓	カエデ（総称名）	カエデ科	落葉樹	
	垂柳	シダレヤナギ	ヤナギ科	落葉高木	
航西日記	牽牛花	アサガオ	ヒルガオ科	一年生草本	明治 17（1884）
	菜花	アブラナ	アブラナ科	一年生草本	
	槐	エンジュ	マメ科	落葉高木	
	榕樹	ガジュマル	クワ科	常緑高木	
	桂（林）	カツラ？	カツラ科	落葉高木	
	覇王樹	サボテン	サボテン科	多年生草本	
	蘇鉄	ソテツ	ソテツ科	常緑樹	
	合歓木	ネムノキ	マメ科	落葉高木	
	芭蕉	バショウ	バショウ科	多年生草本	
	椰樹	ヤシ	ヤシ科	単子葉植物	
	綿	ワタ	アオイ科	一年生草本	
	黄麻竹	不明	イネ科	常緑竹	
	尼泊爾弗樹	不明			
獨逸日記	菜花	アブラナ	アブラナ科	一年生草本	明治 17 ～ 19（1884 ～ 86）
	ハイデクラウト	エリカ	ツツジ科	灌木	
	柏	カシワ	ブナ科	落葉高木	
	栗	クリ	ブナ科	落葉高木	
	桜	サクラ（総称名）	バラ科	落葉高木	
	浅茅	チガヤ	イネ科	多年生草本	
	梨	ナシ	バラ科	落葉高木	
	薔薇	バラ（総称名）	バラ科	落葉低木	
	葡萄	ブドウ	ブドウ科	落葉蔓植物	
	木槿	ムクゲ	アオイ科	落葉中木	
	桃	モモ	バラ科	落葉中木	
	蜀黍	モロコシ	イネ科	一年生草本	
	林檎	リンゴ	バラ科	落葉中木	
	疊花樹	不明			
於母影	梅・紅梅	ウメ	バラ科	落葉中木	明治 22（1889）

	敗醤	オミナエシ	オミナエシ科	多年生草本	
	鉗子	オレンジ	ミカン科	常緑中木	
	かたばみ	カタバミ	カタバミ科	多年生草本	
	かつら	カツラ	カツラ科	落葉高木	
	からたち	カラタチ	ミカン科	常緑中木	
	ラウレル	ゲッケイジュ	クスノキ科	常緑高木	
	菫	スミレ	スミレ科	多年生草本	
	李花	スモモ	バラ科	落葉中木	
	ミルテ	テンニンカ	フトモモ科	常緑低木	
	撫子	ナデシコ	ナデシコ科	多年生草本	
	にわとこ	ニワトコ	スイカズラ科	落葉中木	
	うばら	ノイバラ	バラ科	落葉低木	
	薔薇	バラ（総称名）	バラ科	落葉低木	
	八重葎	ヤエムグラ	アカネ科	越年性草本	
	柳	ヤナギ（総称名）	ヤナギ科	落葉樹	
	レモン	レモン	ミカン科	常緑中木	
舞姫	合歓	ネムノキ	マメ科	落葉中木	明治 23（1890）
うたかたの記	蘆	アシ	イネ科	多年生草本	明治 23（1890）
	棕櫚	シュロ	ヤシ科	常緑高木	
	菫	スミレ	スミレ科	多年生草本	
	つた	ツタ（総称名）	ブドウ科	落葉蔓植物	
みちの記	麻	アサ	クワ科	一年生草本	明治 23（1890）
	蘆	アシ	イネ科	多年生草本	
	女郎花	オミナエシ	オミナエシ科	多年生草本	
	桔梗	キキョウ	キキョウ科	多年生草本	
	菊	キク（総称名）	キク科	多年生草本	
	苔	コケ（総称名）	コケ類	コケ類	
	杉	スギ	スギ科	常緑針葉樹	
	亡花	ススキ	イネ科	多年生草本	
	石竹	セキチク	ナデシコ科	多年生草本	
	鴨頭草	ツユクサ	ツユクサ科	一年生草本	
	茄子	ナス	ナス科	一年生草本	
	撫子	ナデシコ	ナデシコ科	多年生草本	
	萩	ハギ	マメ科	多年生草本	
	皷子花	ヒルガオ	ヒルガオ科	多年生草本	
	瀧菜	ミズナ（ウワバミソウ）	イラクサ科	多年生草本	
	水引草	ミズヒキ	タデ科	多年生草本	
文づかい	柏	カシワ	ブナ科	落葉高木	明治 24（1891）
	はちす葉	ハス	スイレン科	多年生草本	
	さうび	バラ（総称名）	バラ科	落葉低木	
	麦	ムギ	イネ科	越年性草本	
	木槿	ムクゲ	アオイ科	落葉中木	

埋木	アカシヤ	アカシア	マメ科	落葉高木	明治 25（189
	ケシ（罌粟）	ケシ	ケシ科	越年性草本	
	ラウレル	ゲッケイジュ	クスノキ科	常緑高木	
	ロドレンドロン	シャクナゲ（総称名）	ツツジ科	常緑低木	
	菫花	スミレ	スミレ科	多年生草本	
	にわとこ	ニワトコ	スイカズラ科	落葉中木	
	薔薇	バラ（総称名）	バラ科	落葉低木	
	向日草	ヘリオトロープ（総称名）	ムラサキ科	不定	
	木槿	ムクゲ	アオイ科	落葉中木	
	毛蕋花	モウズイカ	ゴマノハグサ科	越年性草本	
	木犀草	モクセイソウ	モクセイソウ科	越年性草本	
観潮樓日記	芭蕉	バショウ	バショウ科	多年生草本	明治 25（189
柵草紙の山房論文	梅	ウメ	バラ科	落葉中木	明治 25（189
	沙羅雙樹	サラソウジュ	リュウナッカ科	常緑高木	
	桜	サクラ（総称名）	バラ科	落葉高木	
	葡萄	ブドウ	ブドウ科	落葉蔓植物	
徂征日記	荇菜	アサザ	リンドウ科	多年生草本	明治 27 ～ 29 （1894 ～ 96
	杏	アンズ	バラ科	落葉中木	
	梅・紅梅	ウメ	バラ科	落葉中木	
	柏	カシワ	ブナ科	落葉高木	
	菊	キク（総称名）	キク科	多年生草本	
	鷄冠草	ケイトウ	ヒユ科	一年生草本	
	百日紅	サルスベリ	ミソハギ科	落葉中木	
	菫	スミレ	スミレ科	多年生草本	
	石竹	セキチク	ナデシコ科	多年生草本	
	蘇鉄	ソテツ	ソテツ科	常緑樹	
	檀特	ダントク	カンナ科	多年生草本	
	梨	ナシ	バラ科	落葉中木	
	莨菪	ハシリドコロ	ナス科	多年生草本	
	蓮	ハス	スイレン科	多年生草本	
	玫瑰	ハマナス	バラ科	落葉低木	
	野生牽牛花	ハマヒルガオ？	ヒルガオ科	多年生草本	
	射干	ヒオオギ	アヤメ科	多年生草本	
	百日草	ヒャクニチソウ	キク科	一年生草本	
	松	マツ（総称名）	マツ科	常緑針葉樹	
そめがちへ	酸漿	ホオズキ	ナス科	多年生草本	明治 30（189
花暦	紫陽花	アジサイ	ユキノシタ科	落葉低木	明治 30（189
	馬酔木	アセビ	ツツジ科	常緑低木	
	ウンタイアブラナ	アブラナ	アブラナ科	一年生草本	
	アラセイ	アラセイトウ	アブラナ科	多年生草本	
	梅・紅梅	ウメ	バラ科	落葉中木	
	躑躅	オオムラサキツツジ	ツツジ科	常緑低木	

オシロイ	オシロイバナ	オシロイバナ科	多年生草本
椿	オトメツバキ	ツバキ科	常緑中木
ガク	ガクアジサイ	ユキノシタ科	落葉低木
桔梗	キキョウ	キキョウ科	多年生草本
ナツユキ	キョウガノコ（白色）	バラ科	多年生草本
トラノヲ	クガイソウ	ゴマノハグサ科	多年性草本
鶏冠草	ケイトウ	ヒユ科	一年生草本
澤桔梗	サワギキョウ	キキョウ科	多年生草本
紫苑	シオン	キク科	多年生草本
石楠花	シャクナゲ（総称名）	ツツジ科	常緑低木
秋海棠	シュウカイドウ	シュウカイドウ科	多年生草本
白及	シラン	ラン科	多年生草本
沈丁花	ジンチョウゲ	ジンチョウゲ科	常緑低木
石竹	セキチク	ナデシコ科	多年生草本
錦葵	ゼニアオイ	アオイ科	越年性草本
センノウ	センノウ（総称名）	ナデシコ科	多年生草本
桜	ソメイヨシノ	バラ科	落葉高木
玉簪花	タマノカンザシ	ユリ科	多年生草本
天竺牡丹	ダリア	キク科	多年生草本
月見草	ツキミソウ	アカバナ科	越年性草本
鉄線花	テッセン	キンポウゲ科	多年生草本
テッパウ百合	テッポウユリ	ユリ科	多年生草本
ミヅキ	トサミズキ	マンサク科	落葉低木
ノウゼン葉連	ナスタチウム	ノウゼハレン科	一年生草本
サラノ木	ナツツバキ	ツバキ科	落葉高木
ニシキギ	ニシキギ	ニシキギ科	落葉低木
凌霄花	ノウゼンカズラ	ノウゼンカズラ科	落葉蔓植物
姫菖蒲	ノハナショウブ？	アヤメ科	多年生草本
貝母	バイモ	ユリ科	多年生草本
木蘭	ハクモクレン	モクレン科	落葉高木
海棠	ハナカイドウ	バラ科	落葉中木
菖蒲	ハナショウブ	アヤメ科	多年生草本
玫瑰	マイカイ	バラ科	落葉低木
孔雀草	ハルシャギク	キク科	越年性草本
ノミヨケ草	ハルジョオン？	キク科	一年生草本
ヒイラギナルテン	ヒイラギナンテン	メギ科	常緑低木
射干	ヒオオギ	アヤメ科	多年生草本
向日葵	ヒマワリ	キク科	一年生草本
百日草	ヒャクニチソウ	キク科	一年生草本
ヒュアシント	ヒヤシンス	ユリ科	多年生草本
ミヅキ	ヒュウガミズキ	マンサク科	落葉低木
金絲桃	ビヨウヤナギ	オトギリソウ科	半落葉低木

	藤	フジ	マメ科	落葉蔓植物	
	キチジ草	フッキソウ	ツゲ科	常緑低木	
	芙蓉	フヨウ	アオイ科	落葉低木	
	鳳仙花	ホウセンカ	ツリフネソウ科	一年生草本	
	木瓜	ボケ	バラ科	落葉低木	
	松葉牡丹	マツバボタン	スベリヒユ科	一年生草本	
	ミズヒキ	ミズヒキ	タデ科	多年性草本	
	ミゾハギ	ミソハギ	ミソハギ科	多年性草本	
	紅蜀葵	モミジアオイ	アオイ科	多年性草本	
	桃	モモ	バラ科	落葉中木	
	サントオレア	ヤグルマギク	キク科	一年生草本	
	萩（胡枝花）	ヤマハギ	マメ科	落葉低木	
	棣棠	ヤマブキ	バラ科	落葉低木	
	百合	ヤマユリ	ユリ科	多年生草本	
	萱草	不明			
	小桜草	不明			
明治三十一年日記	朝皃	アサガオ	ヒルガオ科	一年生草本	明治 31（18
	薊けし	アザミゲシ	ケシ科	一年生草本	
	菖蒲	アヤメ	アヤメ科	多年生草本	
	あらせい	アラセイトウ	アブラナ科	多年生草本	
	卯花	ウツギ	ユキノシタ科	落葉低木	
	梅	ウメ	バラ科	落葉中木	
	早桜	エドヒガン？	バラ科	落葉高木	
	おしろい	オシロイバナ	オシロイバナ科	多年生草本	
	敗醤	オミナエシ	オミナエシ科	多年生草本	
	萱艸	カンゾウ（総称名）	ユリ科	多年生草本	
	萱草（上記と別種）	カンゾウ（総称名）	ユリ科	多年生草本	
	桔梗	キキョウ	キキョウ科	多年生草本	
	菊	キク（総称名）	キク科	多年生草本	
	桐	キリ	ノウゼンカズラ科	落葉高木	
	おいらん草	クサキョウチクトウ	ハナシノブ科	多年生草本	
	罌粟	ケシ	ケシ科	一年生草本	
	百日紅	サルスベリ	ミソハギ科	落葉中木	
	澤桔梗	サワギキョウ	キキョウ科	多年生草本	
	石楠花	シャクナゲ（総称名）	ツツジ科	常緑低木	
	玉露叢	ジャノヒゲ	キジカクシ科	多年生草本	
	白及	シラン	ラン科	多年生草本	
	石竹	セキチク	ナデシコ科	多年生草本	
	錦葵	ゼニアオイ	アオイ科	越年性草本	
	せんのう	センノウ（総称名）	ナデシコ科	多年生草本	
	Magnolia grandiflora	タイサンボク	モクレン科	常緑高木	
	葵	タチアオイ	アオイ科	一年生草本	

	玉かん簪	タマノカンザシ	ユリ科	多年生草本	
	ダリアス	ダリア	キク科	多年生草本	
	躑躅	ツツジ（総称名）	ツツジ科	落葉低木	
	椿	ツバキ	ツバキ科	落葉低木	
	鉄線花	テッセン	キンポウゲ科	多年生草本	
	鉄砲百合	テッポウユリ	ユリ科	多年生草本	
	凌霄葉連	ナスタチウム	ノウゼハレン科	一年生草本	
	凌霄	ノウゼンカズラ	ノウゼンカズラ科	落葉蔓植物	
	萩	ハギ	マメ科	落葉低木	
	海棠	ハナカイドウ	バラ科	落葉低木	
	孔雀草	ハルシャギク	キク科	越年性草本	
	向日葵	ヒマワリ	キク科	一年生草本	
	百日草	ヒャクニチソウ	キク科	一年生草本	
	Hyacinthus	ヒヤシンス	ユリ科	多年生草本	
	金絲桃	ビヨウヤナギ	オトギリソウ科	半落葉低木	
	藤	フジ	マメ科	落葉蔓植物	
	芙蓉	フヨウ	アオイ科	落葉低木	
	玫瑰	マイカイ	バラ科	落葉低木	
	みそはぎ	ミソハギ	ミソハギ科	多年性草本	
	紅蜀葵	モミジアオイ	アオイ科	多年性草本	
	やくるま草	ヤグルマギ	クキク科	一年生草本	
	棣棠	ヤマブキ	バラ科	落葉低木	
	百合	ヤマユリ	ユリ科	多年生草本	
	縷紅	ルコウソウ	ヒルガオ科	一年生草本	
	連翹	レンギョウ	モクセイ科	落葉低木	
	小桜草	不明			
小倉日記	朝皃	アサガオ	ヒルガオ科	一年生草本	明治 32～34 (1899～1901)
	梅・紅梅	ウメ	バラ科	落葉中木	
	牻牛兒	オランダフウロ	フウロウソウ科	越年性草本	
	からす瓜	カラスウリ	ウリ科	多年生草本	
	菊	キク（総称名）	キク科	多年生草本	
	金盞花	キンセンカ	キク科	一年生草本	
	鷄冠草	ケイトウ	ヒユ科	一年生草本	
	紫雲英	ゲンゲ	マメ科	越年性草本	
	御輿花	ゲンノショウコ	フウロウソウ科	多年生草本	
	朝鮮しば	コウライシバ	イネ科	多年生草本	
	山茶花	サザンカ	ツバキ科	常緑中木	
	百日紅	サルスベリ	ミソハギ科	落葉中木	
	芍薬	シャクヤク	ボタン科	多年生草本	
	棕櫚	シュロ	ヤシ科	常緑高木	
	菫	スミレ	スミレ科	多年生草本	
	あふち	センダン	センダン科	落葉高木	

	躑躅	ツツジ（総称名）	ツツジ科	常緑低木	
	釣舟草	ツリフネソウ	ツリフネソウ科	一年生草本	
	唐辛子	トウガラシ	ナス科	一年生草本	
	野薔薇	ノイバラ	バラ科	落葉低木	
	櫨樹	ハゼノキ	ウルシ科	落葉中木	
	柊	ヒイラギ	モクセイ科	常緑中木	
	枇杷	ビワ	バラ科	常緑中木	
	藤	フジ	マメ科	落葉蔓植物	
	芙蓉	フヨウ	アオイ科	落葉低木	
	鬼灯	ホオズキ	ナス科	多年生草本	
	牡丹	ボタン	ボタン科	落葉低木	
	松	マツ（総称名）	マツ科	常緑針葉樹	
	麦	ムギ	イネ科	一年生草本	
	橘柚	ユズ	ミカン科	常緑中木	
	連翹	レンギョウ	モクセイ科	落葉低木	
玉篋両浦嶼	桂	カツラ	カツラ科	落葉高木	明治 35（1902）
	松	マツ（総称名）	マツ科	常緑針葉樹	
即興詩人	薊	アザミ	リンドウ科	多年生草本	明治 35（1902）
	蘆	アシ	イネ科	多年生草本	
	アネモオネ	アネモネ	キンポウゲ科	多年生草本	
	杏	アンズ	バラ科	落葉中木	
	無花果	イチジク	クワ科	落葉中木	
	葡萄蔓	エビズル？	ブドウ科	落葉蔓植物	
	鉗子	オレンジ	ミカン科	常緑中木	
	ラウレル	ゲッケイジュ	クスノキ科	常緑高木	
	マチオラコ	アラセイトウ	アブラナ科	一年生草本	
	覇王樹	サボテン	サボテン科	多年生草本	
	垂楊	シダレヤナギ	ヤナギ科	落葉高木	
	馬鈴薯	ジャガイモ	ナス科	多年生草本	
	棕櫚	シュロ	ヤシ科	常緑高木	
	菫	スミレ	スミレ科	多年生草本	
	大根	ダイコン	アブラナ科	越年性草本	
	朱欒	ダイダイ？	ミカン科	常緑中木	
	石長生	ハコネソウ	ウラボシ科	多年生草本	
	白楊	ヤマナラシ	ヤナギ科	落葉高木	
	薔薇	バラ（総称名）	バラ科	落葉低木	
	ニユムフエア	ヒツジグサ	スイレン科	多年生草本	
	葡萄	ブドウ	ブドウ科	落葉蔓植物	
	ほうらいしだ	ホウライシダ	ウラボシ科	多年生草本	
	木犀草	モクセイソウ	モクセイソウ科	越年性草本	
	林檎	リンゴ	バラ科	落葉中木	
	レモン	レモン	ミカン科	常緑中木	

	ピユレトルム・インヂクム	アブラギク？	キク科	多年生草本	
	アカチア	アラビアゴムノキ	マメ科	常緑中木	
	荻	オギ	イネ科	多年生草本	
	欖橄樹	オリーブ	カンラン科	常緑中木	
	芥子	カラシナ	アブラナ科	越年性草本	
	苧	カラムシ	イラクサ科	多年生草本	
	常春藤	キヅタ	ウコギ科	常緑蔓植物	
	いとすぎ	サイプレス	ヒノキ科	常緑針葉高木	
	垂楊	シダレヤナギ	ヤナギ科	落葉高木	
	西瓜	スイカ	ウリ科	一年生草本	
	忍冬	スイカズラ	スイカズラ科	常緑蔓植物	
	素馨	ソケイ	モクレン科	常緑低木	
	玉蜀黍	トウモロコシ	イネ科	一年生草本	
	ヘイランス	ニオイアラセイトウ	アブラナ科	多年生草本	
	葱	ネギ	ユリ科	多年生草本	
	榛	ハシバミ	カバノキ科	落葉低木	
	山毛欅	ブナ	ブナ科	落葉高木	
	プラタノ	プラタナス	スズカケノキ科	落葉高木	
	菩提樹	ボダイジュ	シナノキ科	落葉高木	
	ピニヨロ	マツ（種不明）	マツ科		
	迷迭香	マンネンロウ	シソ科	常緑低木	
日蓮上人辻説法	梅	ウメ	バラ科	落葉中木	明治37（1904）
	しだり柳	シダレヤナギ	ヤナギ科	落葉高木	
	竹	タケ	イネ科	常緑竹	
	蓮	ハス	スイレン科	多年生草本	
うた日記	麻	アサ	クワ科	一年生草本	明治37（1904）
	葦・蘆	アシ	イネ科	多年生草本	
	菜の花	アブラナ	アブラナ科	一年生草本	
	あやめ	アヤメ	アヤメ科	多年生草本	
	あららぎ	イチイ	イチイ科	常緑針葉高木	
	瘤柳	イヌコリヤナギ	ヤナギ科	落葉低木	
	芋	イモ（総称名）	不定	多年生草本	
	卯花	ウツギ	ユキノシタ科	落葉低木	
	梅	ウメ	バラ科	落葉中木	
	瓜	ウリ	ウリ科	一年生草本	
	おきな草	オキナグサ	キンポウゲ科	多年生草本	
	敗醤	オミナエシ	オミナエシ科	多年生草本	
	もみぢ	カエデ（総称名）	カエデ科	落葉高木	
	かつら・桂	カツラ	カツラ科	落葉高木	
	南瓜	カボチャ	ウリ科	一年生草本	
	川やなぎ	カワヤナギ	ヤナギ科	落葉低木	
	桔梗	キキョウ	キキョウ科	多年生草本	

菊	キク（総称名）	キク科	多年生草本
黍畑	キビ	イネ科	一年生草本
桐	キリ	ノウゼンカズラ科	落葉高木
梔子	クチナシ	アカネ科	常緑低木
胡桃	クルミ（総称名）	クルミ科	落葉高木
花罌粟	ケシ	ケシ科	越年性草本
蓮華	ゲンゲ	マメ科	越年性草本
高粱	コウリャン	イネ科	一年生草本
苔	コケ（総称名）	コケ類	コケ類
桜	サクラ（総称名）	バラ科	落葉高木
石榴	ザクロ	ザクロ科	落葉中木
小百合	ササユリ	ユリ科	多年生草本
山茶花	サザンカ	ツバキ科	常緑中木
絲柳	シダレヤナギ	ヤナギ科	落葉高木
道芝	シバ（総称名）	イネ科	多年生草本
芍薬	シャクヤク	ボタン科	多年生草本
椶櫚	シュロ	ヤシ科	常緑高木
猩猩	ショウジョウソウ	トウダイグサ科	一年生草本
苜蓿	シロツメクサ	マメ科	多年生草本
西瓜	スイカ	ウリ科	一年生草本
すだち	スダチ	ミカン科	常緑中木
菫	スミレ	スミレ科	多年生草本
李花	スモモ	バラ科	落葉中木
常夏	セキチク	ナデシコ科	多年生草本
竹	タケ	イネ科	常緑竹
から葵	タチアオイ	アオイ科	一年生草本
橘	タチバナ	ミカン科	常緑中木
蓼	タデ（総称名）	タデ科	一年生草本
あさ茅	チガヤ	イネ科	多年生草本
紫丁子	チョウジソウ	キョウチクトウ科	多年生草本
躑躅	ツツジ（総称名）	ツツジ科	落葉低木
梨	ナシ	バラ科	落葉中木
白茄子	ナス	ナス科	一年生草本
撫子	ナデシコ	ナデシコ科	多年生草本
楡	ニレ（総称名）	ニレ科	落葉高木
馬藺	ネジアヤメ	アヤメ科	多年生草本
うばら・棘	ノイバラ	バラ科	落葉低木
玉蘭	ハクモクレン	モクレン科	落葉高木
葉鶏頭	ハゲイトウ	ヒユ科	一年生草本
花石榴	ハナザクロ	ザクロ科	落葉中木
薔薇・さうび	バラ（総称名）	バラ科	落葉低木
雛罌粟・虞美人艸	ヒナゲシ	ケシ科	一年生草本

	姫百合	ヒメユリ	ユリ科	多年生草本	
	昼顔	ヒルガオ	ヒルガオ科	多年生草本	
	蕗	フキ	キク科	多年生草本	
	葡萄	ブドウ	ブドウ科	落葉蔓植物	
	鳳仙花	ホウセンカ	ツリフネソウ科	一年生草本	
	鬼灯	ホオズキ	ナス科	多年生草本	
	牡丹	ボタン	ボタン科	落葉低木	
	菰	マコモ	イネ科	多年生草本	
	松	マツ（総称名）	マツ科	常緑針葉樹	
	菽	マメ（総称名）	マメ科	不定	
	桃	モモ	バラ科	落葉中木	
	高黍	モロコシ	イネ科	一年生草本	
	寄生木	ヤドリギ	ヤドリギ科	常緑低木	
	柳	ヤナギ（総称名）	ヤナギ科	落葉高木	
	白楊	ヤマナラシ	ヤナギ科	落葉高木	
	棣棠	ヤマブキ	バラ科	落葉低木	
	夕顔	ユウガオ	ウリ科	一年生草本	
	白百合	ユリ	ユリ科	多年生草本	
	蓬	ヨモギ	キク科	多年生草本	
	縷紅	ルコウソウ	ヒルガオ科	多年生草本	
	わすれぐさ	ワスレグサ	ユリ科	多年生草本	
	われもかう	ワレモコウ	バラ科	多年生草本	
書簡	あやめ	アヤメ	アヤメ科	多年生草本	明治 37～39 (1904～1906)
	杏	アンズ	バラ科	落葉中木	
	梅・紅梅	ウメ	バラ科	落葉中木	
	おきな草	オキナグサ	キンポウゲ科	多年生草本	
	菊	キク（総称名）	キク科	多年生草本	
	高粱	コウリャン	イネ科	一年生草本	
	牛蒡	ゴボウ	キク科	越年性草本	
	桜	サクラ（総称名）	バラ科	落葉高木	
	芍薬	シャクヤク	ボタン科	多年生草本	
	菫	スミレ	スミレ科	多年生草本	
	李花	スモモ	バラ科	落葉中木	
	葉鶏頭	ハゲイトウ	ヒユ科	一年生草本	
	菖蒲	ハナショウブ	アヤメ科	多年生草本	
	射干	ヒオオギ	アヤメ科	多年生草本	
	向日葵	ヒマワリ	キク科	一年生草本	
	姫百合	ヒメユリ	ユリ科	多年生草本	
	鳳仙花	ホウセンカ	ツリフネソウ科	一年生草本	
	桃	モモ	バラ科	落葉中木	
	柳	ヤナギ（総称名）	ヤナギ科	落葉樹	
	百合	ヤマユリ	ユリ科	多年生草本	

	胡瓜	キュウリ	ウリ科	一年生草本	
	たんぽぽ	タンポポ	キク科	多年生草本	
	茄子	ナス	ナス科	一年生草本	
	楡	ニレ（総称名）	ニレ科	落葉高木	
	にんじん	ニンジン	ウコギ科	多年生草本	
	合歓木	ネムノキ	マメ科	落葉高木	
	ほうずき	ホオズキ	ナス科	多年生草本	
朝寐	黍	キビ	イネ科	一年生草本	明治 39（1906）
	高粱	コウリャン	イネ科	一年生草本	
	楡	ニレ（ハルニレ？）	ニレ科	落葉高木	
王の子供達	山毛欅	ブナ	ブナ科	落葉高木	明治 39（1906）
	菩提樹	ボダイジュ	シナノキ科	落葉高木	
	樅	モミ	マツ科	常緑針葉樹	
	百合	ユリ	ユリ科	多年生草本	
	芋	イモ（総称名）	不定	多年生草本	
「シラノ・ベルジュラック」の祖筋	豌豆	エンドウ	マメ科	越年性草本	明治 40（1907）
	南瓜	カボチャ	ウリ科	一年生草本	
	葛	クズ	マメ科	多年生蔓草本	
	栗	クリ（マロニエ？）	ブナ科	落葉高木	
	ラウレル	ゲッケイジュ	クスノキ科	常緑高木	
	サフラン	サフラン	アヤメ科	多年生草本	
	蔦葛	ツタ（総称名）	ブドウ科？	落葉蔓植物	
	玉蜀黍	トウモロコシ	イネ科	一年生草本	
	薔薇	バラ（総称名）	バラ科	落葉低木	
	葡萄	ブドウ	ブドウ科	落葉蔓植物	
	山毛欅	ブナ	ブナ科	落葉高木	
	忘るな草	ワスレナグサ	ムラサキ科	一年生草本	
高粱	桜	サクラ（総称名）	バラ科	落葉高木	明治 40（1907）
	竹	タケ	イネ科	常緑竹	
	玉蜀黍	トウモロコシ	イネ科	一年生草本	
	瓢箪	ヒョウタン	ウリ科	一年生草本	
	モロコシ	モロコシ	イネ科	一年生草本	
	忘るな草	ワスレナグサ	ムラサキ科	一年生草本	
能久親王事蹟	梅	ウメ	バラ科	落葉中木	明治 41（1908）
	燕子花	カキツバタ	アヤメ科	多年生草本	
	欅	ケヤキ	ニレ科	落葉高木	
	甘薯	サツマイモ	ヒルガオ科	多年生草本	
	篠竹	シノダケ	イネ科	笹類	
	白樫	シラカシ	ブナ科	常緑高木	
	竹	タケ	イネ科	常緑竹	
	牡丹	ボタン	ボタン科	落葉低木	
	樅	モミ	マツ科	常緑針葉樹	

	柳	ヤナギ（総称名）	ヤナギ科	落葉樹	
	落花生	ラッカセイ	マメ科	一年生草本	
明治四十一年日記	桜	サクラ（総称名）	バラ科	落葉高木	明治 41（1908）
ブルムラウ	アレカの木の実	アレカヤシ	ヤシ科	常緑中木	明治 42（1909）
	茨	ノイバラ	バラ科	落葉低木	
	檸檬	レモン	ミカン科	常緑中木	
明治四十二年日記	芍薬	シャクヤク	ボタン科	多年生草本	明治 42（1909）
	杜鵑花	サツキ	ツツジ科	常緑低木	
	蓮	ハス	スイレン科	多年生草本	
	紅蜀葵	モミジアオイ	アオイ科	多年性草本	
	木芙蓉	ムクゲ	アオイ科	落葉中木	
	黄蜀葵	トロロアオイ	アオイ科	一年生草本	
	石蒜	ヒガンバナ	ヒガンバナ科	多年生草本	
	萩	ヤマハギ	マメ科	落葉低木	
	紫苑	シオン	キク科	多年生草本	
	菊	キク（総称名）	キク科	多年生草本	
半日	木芙蓉	フヨウ（ムクゲ？）	アオイ科	落葉低木	明治 42（1909）
魔睡	Centaurea	ヤグルマギク	キク科	一年生草本	明治 42（1909）
	杜鵑花	サツキ	ツツジ科	常緑低木	
	木瓜	ボケ	バラ科	落葉低木	
ヰタ・セクスアリス	かなめ垣	カナメモチ	バラ科	常緑中木	明治 42（1909）
	臭橘	カラタチ	ミカン科	常緑中木	
	苔	コケ（総称名）	コケ類	コケ類	
	桜	サクラ（総称名）	バラ科	落葉高木	
	百日紅	サルスベリ	ミソハギ科	落葉中木	
	棕櫚	シュロ	ヤシ科	常緑高木	
	菫	スミレ	スミレ科	多年生草本	
	椿	ツバキ	ツバキ科	常緑高木	
	凌霄花	ノウゼンカズラ	ノウゼンカズラ科	落葉蔓植物	
	柳	ヤナギ（総称名）	ヤナギ科	落葉樹	
	げんげ	ゲンゲ	マメ科	越年性草本	
金貨	臭橘	カラタチ	ミカン科	常緑中木	明治 42（1909）
	高粱	コウリャン	イネ科	一年生草本	
	苔	コケ（総称名）	コケ類	コケ類	
	側柏	コノテガシワ	ヒノキ科	常緑針葉樹	
	笹	ササ（総称名）	イネ科	多年生草本	
	杉	スギ	スギ科	常緑針葉樹	
	竹	タケ	イネ科	常緑竹	
	椿	ツバキ	ツバキ科	常緑高木	
	五爪竜	ヤブカラシ	ブドウ科	落葉蔓植物	
金比羅	芝	シバ（総称名）	イネ科	地被植物	明治 42（1909）
	葱	ネギ	ユリ科	多年生草本	

	マツ	マツ（総称名）	マツ科	常緑針葉樹	
	蜜柑	ミカン	ミカン科	常緑中木	
静	梅	ウメ	バラ科	落葉中木	明治 42（1909）
	卯花	ウツギ	ユキノシタ科	落葉低木	
	菊	キク（総称名）	キク科	多年生草本	
	桜	サクラ（総称名）	バラ科	落葉高木	
	樒	シキミ	モクレン科	常緑中木	
	蘇芳	スオウ	マメ科	常緑中木	
	紫苑	シオン	キク科	多年生草本	
	萩	ハギ	マメ科	多年生草本	
	櫨樹	ハゼノキ	ウルシ科	落葉中木	
	藤	フジ	マメ科	落葉蔓植物	
	松	マツ（総称名）	マツ科	常緑針葉樹	
	青紅葉	カエデ（総称名）	カエデ科	落葉高木	
我百首	貌花	ヒルガオ・アサガオ？	ヒルガオ科	多年生草本	明治 42（1909）
	コスモス	コスモス	キク科	一年生草本	
	柳	ヤナギ（総称名）	ヤナギ科	落葉樹	
サロメ	杏	アンズ	バラ科	落葉中木	明治 42（1909）
	無花果	イチジク	クワ科	落葉中木	
	ミルツス	キンバイカ？	フトモモ科	常緑低木	
	いとすぎ	サイプレス	ヒノキ科	常緑針葉高木	
	石榴	ザクロ	ザクロ科	落葉中木	
	水仙	スイセン	ヒガンバナ科	多年生草本	
	うばら	ノイバラ	バラ科	落葉低木	
	薔薇	バラ（総称名）	バラ科	落葉低木	
	葡萄	ブドウ	ブドウ科	落葉蔓植物	
	百合	ユリ	ユリ科	多年生草本	
	林檎	リンゴ	バラ科	落葉中木	
秋夕夢	ミルツス	キンバイカ？	フトモモ科	常緑低木	明治 42（1909）
	ラウレル	ゲッケイジュ	クスノキ科	常緑高木	
	いとすぎ	サイプレス	ヒノキ科	常緑針葉高木	
	桜	サクラ（総称名）	バラ科	落葉高木	
	石榴	ザクロ	ザクロ科	落葉中木	
	サフラン	サフラン	アヤメ科	多年生草本	
	側柏	ヒノキ	ヒノキ科	常緑針葉高木	
	ヒュアシント	ヒヤシンス	ユリ科	多年生草本	
	葡萄	ブドウ	ブドウ科	落葉蔓植物	
	山毛欅	ブナ	ブナ科	落葉高木	
	林檎	リンゴ	バラ科	落葉中木	
負けたる人	山毛欅	ブナ	ブナ科	落葉高木	明治 42（1909）
	薔薇	バラ（総称名）	バラ科	落葉低木	
	茨	イバラ	バラ科	落葉低木	

犬	莓の木	キイチゴ	バラ科	落葉低木	明治 43（1910）
杯	サントオレア	ヤグルマギク	キク科	一年生草本	明治 43（1910）
	苔	コケ（総称名）	コケ類	コケ類	
	酸漿	ホオズキ	ナス科	多年生草本	
独身	竹	タケ	イネ科	常緑竹	明治 43（1910）
	蜜柑	ミカン	ミカン科	常緑中木	
生田川	梓	アズサ	カバノキ科	落葉高木	明治 43（1910）
	紅梅	ウメ	バラ科	落葉中木	
	菅	スゲ（カサスゲ）	カヤツリグサ科	多年生草本	
	黄楊	ツゲ	ツゲ科	落葉中木	
	白檀	ビャクダン	ビャクダン科	常緑中木	
	柞	雑木	ブナ科類	落葉高木	
普請中	アザレエ	西洋ツツジ	ツツジ科	常緑低木	明治 43（1910）
	ロドダンドロン	西洋シャクナゲ	シャクナゲ科	常緑低木	
	梅	ウメ	バラ科	落葉中木	
	葡萄	ブドウ	ブドウ科	落葉蔓植物	
木精	深山薄雪草	ミヤマウスユキソウ	キク科	多年生草本	明治 43（1910）
	樅	モミ	マツ科	常緑針葉樹	
鶏	夾竹桃	キョウチクトウ	キョウチクトウ科	常緑低木	明治 43（1910）
	樒	シキミ	モクレン科	常緑中木	
	百日紅	サルスベリ	ミソハギ科	落葉中木	
	葡萄	ナス	ナス科	一年生草本	
	蜜柑	ミカン	ミカン科	常緑中木	
	隠元豆	インゲン	マメ科	一年生草本	
明治四十三年日記	野菊	ノジギク？	キク科	多年生草本	明治 43（1910）
	梅	ウメ	バラ科	落葉中木	
	桜	サクラ（総称名）	バラ科	落葉高木	
	天竺牡丹	ダリア	キク科	多年生草本	
	月見草	ツキミソウ	アカバナ科	越年性草本	
	木芙蓉	ムクゲ	アオイ科	落葉中木	
	椈	スダジイ？	ブナ科	常緑高木	
	紫苑	シオン	キク科	多年生草本	
	菊	キク（総称名）	キク科	多年生草本	
	紅葉	カエデ（総称名）	カエデ科	落葉高木	
青年	葦	アシ	イネ科	多年生草本	明治 43（1910）
	櫧の木	アラカシ	ブナ科	落葉高木	
	銀杏	イチョウ	イチョウ科	落葉針葉樹	
	菊	キク（総称名）	キク科	多年生草本	
	胡桃	クルミ（総称名）	クルミ科	落葉高木	
	コスモス	コスモス	キク科	一年生草本	
	山茶花	サザンカ	ツバキ科	常緑中木	
	西瓜	スイカ	ウリ科	一年生草本	

	天竺牡丹	ダリア	キク科	多年生草本	
	萵苣	チサ	キク科	越年性草本	
	蔦蘿	ツタ（総称名）	ブドウ科？	落葉蔓植物	
	南天	ナンテン	メギ科	半落葉低木	
	胡蘿菊	ニンジン	ウコギ科	多年生草本	
	萩	ハギ	マメ科	落葉低木	
	榛の木	ハンノキ	カバノキ科	落葉高木	
	檜	ヒノキ	ヒノキ科	常緑針葉樹	
	牡丹	ボタン	ボタン科	落葉低木	
	百合	ユリ	ユリ科	多年生草本	
	林檎	リンゴ	バラ科	落葉中木	
人の一生	欖橄樹	オリーブ	カンラン科	常緑中木	明治 43（1910）
	樫	カシ（総称名）	ブナ科	常緑高木	
	ウレル	ゲッケイジュ	クスノキ科	常緑高木	
	いとすぎ	サイプレス	ヒノキ科	常緑針葉高木	
	棕櫚	シュロ	ヤシ科	常緑高木	
	白樺	シラカンバ	カバノキ科	落葉高木	
	みかげ草	スズラン	キジカクシ科	多年生草本	
	菫	スミレ	スミレ科	多年生草本	
	剪秋羅華	センノウ（総称名）	ナデシコ科	多年生草本	
	薔薇	バラ（総称名）	バラ科	落葉低木	
	葡萄	ブドウ	ブドウ科	落葉蔓植物	
	山毛欅	ブナ	ブナ科	落葉高木	
聖ジュリアン	欖橄樹	オリーブ	カンラン科	常緑中木	明治 43（1910）
	柏	カシワ	ブナ科	落葉高木	
	秦皮樹	サトトネリコ	モクセイ科	落葉高木	
	袴蘿	ハカマカズラ	マメ科	常緑蔓植物	
	薔薇	バラ（総称名）	バラ科	落葉低木	
	葡萄	ブドウ	ブドウ科	落葉蔓植物	
	毛莚花	モウズイカ	コマノハグサ科	多年生草本	
	林檎	リンゴ	バラ科	落葉中木	
	瑠璃草	ルリソウ	ムラサキ科	多年生草本	
心中	竹柏の木	ナギ	マキ科	常緑針葉樹	明治 44（1911）
	南天	ナンテン	メギ科	半落葉低木	
	女竹	メダケ	イネ科	笹類	
藤鞆繪	桜	サクラ（総称名）	バラ科	落葉高木	明治 44（1911）
	山吹	ヤマブキ	バラ科	落葉低木	
明治四十四年日記	虫とりなでしこ	ムシトリナデシコ	ナデシコ科	越年性草本	明治 44（1911）
	罌粟	ケシ	ケシ科	一年生草本	
	白及	シラン	ラン科	多年生草本	
	なつゆき	キョウガノコ	バラ科	多年生草本	
灰燼	桐・梧桐	アオギリ	アオギリ科	落葉高木	明治 44（1911）

	檞	カシワ	ブナ科	落葉高木	
	南瓜	カボチャ	ウリ科	一年生草本	
	桑	クワ	クワ科	落葉低木	
	苔	コケ（総称名）	コケ類	コケ類	
	賢木	サカキ	ツバキ科	常緑中木	
	百日紅	サルスベリ	ミソハギ科	落葉中木	
	樒	シキミ	モクレン科	常緑中木	
	芝	シバ（総称名）	イネ科	地被植物	
	麦門冬	ジャノヒゲ	ユリ科	多年生草本	
	杉	スギ	スギ科	常緑針葉樹	
	杉菜	スギナ	トクサ科	多年生草本	
	蕺菜	ドクダミ	ドクダミ科	多年生草本	
	側栢	ヒノキ	ヒノキ科	常緑針葉樹	
	松	マツ（総称名）	マツ科	常緑針葉樹	
百物語	梅	ウメ	バラ科	落葉中木	明治 44（1911）
	かなめ垣	カナメモチ	バラ科	常緑中木	
	水仙	スイセン	ヒガンバナ科	多年生草本	
	松	マツ（総称名）	マツ科	常緑針葉樹	
雁	梧桐	アオギリ	アオギリ科	落葉高木	明治 44（1911）
	葦	アシ	イネ科	多年生草本	
	檜葉	アスナロ	ヒノキ科	常緑針葉樹	
	敗醤	オミナエシ	オミナエシ科	多年生草本	
	萬年	オモト	ユリ科	多年生草本	
	梔子	クチナシ	アカバナ科	常緑低木	
	高野槇	コウヤマキ	スギ科	常緑針葉樹	
	苔	コケ（総称名）	コケ類	コケ類	
	齒朶	シダ（総称名）	不定		
	篠竹	シノダケ	イネ科	笹類	
	麦門冬	ジャノヒゲ	ユリ科	多年生草本	
	杉菜	スギナ	トクサ科	多年生草本	
	ちゃぼ檜葉	チャボヒバ	ヒノキ科	常緑針葉樹	
	蔓	ツタ（総称名）	ブドウ科	落葉蔓植物	
	蓮	ハス	スイレン科	多年生草本	
	側栢	ヒノキ	ヒノキ科	常緑針葉樹	
	蘭草	フジバカマ	キク科	多年生草本	
	牡丹	ボタン	ボタン科	落葉低木	
	柳	ヤナギ（総称名）	ヤナギ科	落葉樹	
カズイスチカ	秋海棠	シュウカイドウ	シュウカイドウ科	多年生草本	明治 44（1911）
	棕櫚	シュロ	ヤシ科	常緑高木	
	杉	スギ	スギ科	常緑針葉樹	
	棗	ナツメ	クロウメモドキ科	落葉中木	
	榛の木	ハンノキ	カバノキ科	落葉高木	

	木槿	ムクゲ	アオイ科	落葉中木	
	錦茘枝	レイシ	ムクロジ科	落葉高木	
流行	豌豆	エンドウ	マメ科	一年生草本	明治 44（1911）
興津弥五右衛門の遺書	しら菊	キク（総称名）	キク科	多年生草本	明治 45（1912）
	伽羅	キャラボク	イチイ科	常緑針葉低木	
かのやうに	桜	サクラ（総称名）	バラ科	落葉高木	明治 45（1912）
	竹	タケ	イネ科	常緑竹	
	八角全盛	ヤツデ	ウコギ科	常緑低木	
	山もみじ	ヤマモミジ	カエデ科	落葉高木	
吃逆	椿	ツバキ	ツバキ科	常緑高木	明治 45（1912）
	山もみじ	ヤマモミジ	カエデ科	落葉高木	
藤棚	たんぽぽ	タンポポ	キク科	多年生草本	明治 45（1912）
	チャ（茶）	チャ	ツバキ科	常緑低木	
	チュリップ	チューリップ	ユリ科	多年生草本	
	はとやばら	ナニワイバラ	バラ科	落葉低木	
	藤	フジ	マメ科	落葉蔓植物	
	牡丹	ボタン	ボタン科	落葉低木	
	菊	キク（総称名）	キク科	多年生草本	
	桜	サクラ（総称名）	バラ科	落葉高木	
	芝	シバ（総称名）	イネ科	地被植物	
鼠坂	粟	アワ	イネ科	一年生草本	明治 45（1912）
	高粱	コウリャン	イネ科	一年生草本	
	向日葵	ヒマワリ	キク科	一年生草本	
	松	マツ（総称名）	マツ科	常緑針葉樹	
田樂豆腐	葵	タチアオイ	アオイ科	一年生草本	明治 45（1912）
	月見ぐさ	オオマツヨイグサ	アカバナ科	多年生草本	
	カアネエション	カーネーション	ナデシコ科	多年生草本	
	雁皮	ガンピ	ナデシコ科	多年生草本	
	桔梗	キキョウ	キキョウ科	多年生草本	
	高野槇	コウヤマキ	スギ科	常緑針葉樹	
	皐月躑躅	サツキ	ツツジ科	常緑低木	
	スヰイト・ビイ	スイトピー	マメ科	一年生草本	
	石竹	セキチク	ナデシコ科	多年生草本	
	天竺牡丹	ダリア	キク科	多年生草本	
	躑躅	ツツジ（総称名）	ツツジ科	常緑低木	
	月草・露草	ツユクサ	ツユクサ科	一年生草本	
	葉鷄頭	ハゲイトウ	ヒユ科	一年生草本	
	花隠元	ハナインゲン	マメ科	一年生草本	
	濱菊	ハマギク	キク科	多年生草本	
	射干	ヒオオギ	アヤメ科	多年生草本	
	這栢槇	ハイビャクシン	ヒノキ科	常緑針葉低木	
	待宵草	マツヨイグサ	アカバナ科	多年生草本	

明治四十五年日記	福寿艸	フクジュソウ	キンポウゲ科	多年生草本	明治 45（1912）
	桜	サクラ（総称名）	バラ科	落葉高木	
	貝母	バイモ	ユリ科	多年生草本	
	木瓜	ボケ	バラ科	落葉低木	
	桃	モモ	バラ科	落葉中木	
	山吹	ヤマブキ	バラ科	落葉低木	
	杜鵑花	サツキ	ツツジ科	常緑低木	
	鴨頭草	ツユクサ	ツユクサ科	多年生草本	
	百合	ユリ	ユリ科	多年生草本	
	罌粟	ケシ	ケシ科	一年生草本	
羽鳥千尋	朝皃	アサガオ	ヒルガオ科	一年生草本	明治 45（1912）
	稲	イネ	イネ科	一年生草本	
	青紅葉	カエデ（総称名）	カエデ科	落葉高木	
	槲	カシ（総称名）	ブナ科	常緑高木	
	臭橘	カラタチ	ミカン科	常緑中木	
	魚子菊	キク（総称名）	キク科	多年生草本	
	橡栗	クヌギ？	ブナ科	落葉高木	
	げんげ	ゲンゲ	マメ科	越年性草本	
	コスモス	コスモス	キク科	一年生草本	
	桜	サクラ（総称名）	バラ科	落葉高木	
	秋海棠	シュウカイドウ	シュウカイドウ科	多年生草本	
	たんぽぽ	タンポポ	キク科	多年生草本	
	ゼラニユウム	テンジクアオイ	フウロウソウ科	多年生草本	
	牡丹	ボタン	ボタン科	落葉低木	
	松	マツ（総称名）	マツ科	常緑針葉樹	
	柳	ヤナギ（総称名）	ヤナギ科	落葉樹	
ファウスト	葵	アオイ（総称名）	アオイ科	多年生草本	明治 45（1912）
	葦	アシ	イネ科	多年生草本	
	アステル	アステル	キク科	多年生草本	
	李	アンズ	バラ科	落葉中木	
	無花果	イチジク	クワ科	落葉中木	
	糸杉	イトスギ	スギ科	常緑針葉高木	
	槭	カエデ（総称名）	カエデ科	落葉樹	
	檞	カシワ	ブナ科	落葉高木	
	栗	クリ	ブナ科	落葉高木	
	月桂	ゲッケイジュ	クスノキ科	常緑高木	
	桜	サクラ（総称名）	バラ科	落葉中木	
	大根	ダイコン	アブラナ科	越年性草本	
	葱	ネギ	ユリ科	多年生草本	
	薔薇	バラ（総称名）	バラ科	落葉低木	
	葡萄	ブドウ	ブドウ科	落葉蔓植物	
	菩提樹	ボダイジュ	シナノキ科	落葉高木	

	マンドラゴラ	マンドラゴラ	ナス科	多年生草本	
	林檎	リンゴ	バラ科	落葉中木	
大正一年日記	胡枝花	ハギ	マメ科	多年生草本	大正 1（1912）
	紫苑	シオン	キク科	多年生草本	
	槭	カエデ（総称名）	カエデ科	落葉高木	
ながし	虞美人草	ヒナゲシ	ケシ科	一年生草本	大正 2（1913）
大正二年日記	芍薬	シャクヤク	ボタン科	多年生草本	大正 2（1913）
	福寿草	フクジュソウ	キンポウゲ科	多年生草本	
	貝母	バイモ	ユリ科	多年生草本	
	桜花	サクラ（総称名）	バラ科	落葉高木	
	山吹	ヤマブキ	バラ科	落葉低木	
	桃	モモ	バラ科	落葉中木	
	椿	ツバキ	ツバキ科	常緑高木	
	石竹	セキチク	ナデシコ科	多年生草本	
	虞美人艸	ヒナゲシ	ケシ科	一年生草本	
	樅の木	モミ	マツ科	常緑針葉樹	
	杜鵑花	サツキ	ツツジ科	常緑低木	
阿部一族	卯の花	ウツギ	ユキノシタ科	落葉低木	大正 2（1913）
	夾竹桃	キョウチクトウ	キョウチクトウ科	常緑低木	
	葉桜	サクラ（総称名）	バラ科	落葉高木	
	歯朶	シダ（総称名）	不定		
	荵	シノブ	ウラボシ科	多年生草本	
	芝生	シバ（総称名）	イネ科	地被植物	
	菖蒲	ショウブ	サトイモ科	多年生草本	
	杉	スギ	スギ科	常緑針葉樹	
	竹	タケ	イネ科	常緑竹	
	瓢箪	ヒョウタン	ウリ科	一年生草本	
護寺院原の敵討	樒	シキミ	モクレン科	常緑中木	大正 2（1913）
パアテル・セルギウス	樫	カシ（総称名）	ブナ科	常緑高木	大正 2（1913）
	燕麦	カラスムギ	イネ科	越年性草本	
	黒樺	クロカンバ	クロウメモドキ科	落葉低木	
	山査子	サンザシ	バラ科	落葉低木	
	白樺	シラカンバ	カバノキ科	落葉高木	
	楡	ニレ（総称名）	ニレ科	落葉高木	
	白楊	ヤマナラシ	ヤナギ科	落葉高木	
安井夫人	虎斑竹	ハチク	イネ科	多年生竹	大正 3（1914）
	桃	モモ	バラ科	落葉中木	
大正三年日記	福寿草	フクジュソウ	キンポウゲ科	多年生草本	大正 3（1914）
	桃	モモ	バラ科	落葉中木	
	木瓜	ボケ	バラ科	落葉低木	
	山吹	ヤマブキ	バラ科	落葉低木	
	杜鵑花	サツキ	ツツジ科	常緑低木	

	桜草	サクラソウ	サクラソウ科	多年生草本	
	藤	フジ	マメ科	落葉蔓植物	
大塩鹽八郎	梅	ウメ	バラ科	落葉中木	大正 3（1914）
	松	マツ（総称名）	マツ科	常緑針葉樹	
曽我兄弟	椎	シイ	ブナ科	常緑高木	大正 3（1914）
	桃	モモ	バラ科	落葉中木	
	雑木	雑木	ブナ科類	落葉高木	
サフラン	山茶花	サザンカ	ツバキ科	常緑中木	大正 3（1914）
	サフラン	サフラン	アヤメ科	多年生草本	
	水仙	スイセン	ヒガンバナ科	多年生草本	
	茶	チャ	ツバキ科	常緑低木	
	貝母	バイモ	ユリ科	多年生草本	
	ヒュアシント	ヒヤシンス	ユリ科	多年生草本	
	福寿草	フクジュソウ	キンポウゲ科	多年生草本	
山椒太夫	葦	アシ	イネ科	多年生草本	大正 3（1914）
	粟	アワ	イネ科	一年生草本	
	柞	雑木	ブナ科類	落葉高木	
	菫	スミレ	スミレ科	多年生草本	
	垣衣	ノキシノブ	ウラボシ科	多年生草本	
	松	マツ（総称名）	マツ科	常緑針葉樹	
	萱草	ヤブカンゾウ	ユリ科	多年生草本	
二人の友	桜	サクラ（総称名）	バラ科	落葉高木	大正 4（1915）
天龍	椿	ツバキ	ツバキ科	常緑高木	大正 4（1915）
	薔薇	バラ（総称名）	バラ科	落葉低木	
大正四年日記	牽牛花	アサガオ	ヒルガオ科	一年生草本	大正 4（1915）
津下四郎左衛門	梔子	クチナシ	アカバナ科	常緑低木	大正 4（1915）
沙羅の木	蘆	アシ	イネ科	多年生草本	大正 4（1915）
	青黍	キビ	イネ科	一年生草本	
	コスモス	コスモス	キク科	一年生草本	
	ダリア	ダリア	キク科	多年生草本	
	沙羅の木	ナツツバキ	ツバキ科	落葉高木	
	柳	ヤナギ（総称名）	ヤナギ科	落葉樹	
魚玄機	蔓草	不明		一年生草本？	大正 4（1915）
	牡丹	ボタン	ボタン科	落葉低木	
澀江抽齋	御柳・檉柳	ギョリュウ	ギョリュウ科	落葉中木	大正 4（1915）
	貝多羅葉	タラヨウ	モチノキ科	常緑高木	
	梧桐	アオギリ	アオギリ科	落葉高木	
	櫁	シキミ	モクレン科	常緑中木	
	檜	ヒノキ	ヒノキ科	常緑針葉樹	
	柳？	ヤナギ（総称名）	ヤナギ科	落葉樹	
	筍	マダケ？	イネ科	常緑竹	
	吉野桜	ヤマザクラ	バラ科	落葉高木	

大正五年日記	麦	ムギ	イネ科	一年生草本	大正5（1916）
	菊	キク（総称名）	キク科	多年生草本	
寿阿彌の手紙	梅	ウメ	バラ科	落葉中木	大正5（1916）
	槐花	エンジュ	マメ科	落葉高木	
	蚊母樹	イスノキ	マンサク科	常緑高木	
	茱萸	トウグミ？	グミ科	落葉低木	
	蕃椒	トウガラシ	ナス科	一年生草本	
	松	マツ（総称名）	マツ科	常緑針葉樹	
伊澤蘭軒	藍	アイ	タデ科	一年生草本	大正5（1916）
	藜	アカザ	ヒユ科	一年生草本	
	蒨草	アカネ	アカネ科	多年生蔓植物	
	楸	アカメガシワ？	トウダイグサ科	落葉高木	
	朝皃	アサガオ	ヒルガオ科	一年生草本	
	蘆	アシ	イネ科	多年生草本	
	紫繡毬・あぢさゐ	アジサイ	ユキノシタ科	落葉低木	
	梓	アズサ	カバノキ科	落葉高木	
	石楠花	アズマシャクナゲ	ツツジ科	常緑低木	
	馬酔木	アセビ	ツツジ科	常緑低木	
	菘菜・菜の花	アブラナ	アブラナ科	一年生草本	
	椅	イイギリ？	イイギリ科	落葉高木	
	銀杏	イチョウ	イチョウ科	落葉高木	
	いも	イモ（総称名）	不定	多年生草本	
	萍	ウキクサ	ウキクサ科	多年生草本	
	卯花・水晶花	ウツギ	ユキノシタ科	落葉低木	
	夏枯草・うつぼ草	ウツボグサ	シソ科	多年生草本	
	土当帰	ウド	ウコギ科	多年生草本	
	梅	ウメ	バラ科	落葉中木	
	榎	エノキ	ニレ科	落葉高木	
	槐	エンジュ	マメ科	落葉高木	
	豌豆	エンドウ	マメ科	一年生草本	
	黄耆	オウギ類	マメ科	多年生草本	
	荻花	オギ	イネ科	多年生草本	
	秋葵	オクラ	アオイ科	一年生草本	
	小連翹	オトギリソウ	オトギリソウ科	多年生草本	
	敗醤	オミナエシ	オミナエシ科	多年生草本	
	楓	カエデ（総称名）	カエデ科	落葉樹	
	杜若	カキツバタ	アヤメ科	多年生草本	
	桂心	カツラ	カツラ科	落葉高木	
	小蕉青	カブ	アブラナ科	一年生草本	
	南瓜	カボチャ	ウリ科	一年生草本	
	杜衡	カンアオイ	ウマノスズクサ科	多年生草本	
	桔梗	キキョウ	キキョウ科	多年生草本	

菊	キク（総称名）	キク科	多年生草本
木王（梓）	キササゲ	ノウゼンカズラ科	落葉高木
規那皮	キナ	アカネ科	常緑高木
桐	キリ	ノウゼンカズラ科	落葉高木
金柚	キンズ	ミカン科	常緑中木
地骨皮	クコ	ナス科	落葉低木
葛	クズ	マメ科	多年生蔓草本
樟木	クスノキ	クスノキ科	常緑高木
梔子	クチナシ	アカネ科	常緑低木
桑	クワ	クワ科	落葉低木
苔	コケ（総称名）	コケ類	コケ類
牛蒡	ゴボウ	キク科	越年性草本
桜	サクラ（総称名）	バラ科	落葉高木
石榴	ザクロ	ザクロ科	落葉中木
杜鵑花	サツキ	ツツジ科	常緑低木
さつまいも	サツマイモ	ヒルガオ科	多年生草本
南五味子	サネカズラ	モクレン科	多年生草本
升麻	サラシナショウマ	キンポウゲ科	多年生草本
百日紅	サルスベリ	ミソハギ科	落葉中木
菝葜	サルトリイバラ	バラ科	多年生蔓草本
蜀椒	サンショウ	ミカン科	落葉中木
椎茸	シイタケ	マツタケ科	菌類
紫苑	シオン	キク科	多年生草本
紫蘇	シソ	シソ科	一年生草本
垂楊	シダレヤナギ	ヤナギ科	落葉高木
麦門冬	ジャノヒゲ	ユリ科	多年生草本
秋海棠	シュウカイドウ	シュウカイドウ科	多年生草本
藜蘆	シュロソウ	ユリ科	多年生草本
白及	シラン	ラン科	多年生草本
水仙	スイセン	ヒガンバナ科	多年生草本
薄・茅	ススキ	イネ科	多年生草本
桃李・李花	スモモ	バラ科	落葉中木
樗	センダン	センダン科	落葉高木
大黄	ダイオウ？	タデ科	多年生草本
大根	ダイコン	アブラナ科	越年性草本
竹	タケ	イネ科	常緑竹
橘	タチバナ	ミカン科	常緑中木
北五味子	チョウセンゴミシ	モクレン科	落葉蔓植物
黄楊	ツゲ	ツゲ科	常緑中木
椿	ツバキ	ツバキ科	常緑高木
月草・露草	ツユクサ	ツユクサ科	一年生草本
沙参	ツリガネニンジン	キキョウ科	多年生草本

鳥頭	トリカブト	キンポウゲ科	多年生草本
なすび	ナス	ナス科	一年生草本
棗	ナツメ	クロウメモドキ科	落葉中木
撫子	ナデシコ	ナデシコ科	多年生草本
桂心	ニッケイ	クスノキ科	常緑高木
枌楡	ニレ（総称名）	ニレ科	落葉高木
合歓木	ネムノキ	マメ科	落葉高木
凌霄花	ノウゼンカズラ	ノウゼンカズラ科	落葉蔓植物
萱草	ノカンゾウ	ユリ科	多年生草本
野菊	ノジギク？	キク科	多年生草本
石長生	ハコネソウ	ウラボシ科	多年生草本
芭蕉	バショウ	バショウ科	多年生草本
蓮	ハス	スイレン科	多年生草本
薄荷	ハッカ	シソ科	多年生草本
蔓荊子	ハマゴウ	クマツヅラ科	常緑低木
莎	ハマスゲ	カヤツリグサ科	多年生草本
劉寄奴	ハンゴンソウ	キク科	多年生草本
石蒜・死人花	ヒガンバナ	ヒガンバナ科	多年生草本
枇杷	ビワ	バラ科	常緑中木
款冬	フキ	キク科	多年生草本
藤	フジ	マメ科	落葉蔓植物
蘭草	フジバカマ	キク科	多年生草本
ふぢ豆	フジマメ	マメ科	一年生草本
細辛	フタバアオイ	ウマノスズクサ科	多年生草本
山毛欅	ブナ	ブナ科	落葉高木
芙蓉	フヨウ	アオイ科	落葉低木
鳳仙	ホウセンカ	ツリフネソウ科	一年生草本
ぼうふら	ボウブラ？	ウリ科	一年生草本
厚朴	ホオノキ	モクレン科	落葉高木
松	マツ（総称名）	マツ科	常緑針葉樹
北五味子	マツブサ	モクレン科	落葉蔓植物
柴胡	ミシマサイコ？	セリ科	多年生草本
ミズヒキ	ミズヒキ	タデ科	多年生草本
ミゾハギ	ミソハギ	ミソハギ科	多年生草本
木犀	モクセイ	モクセイ科	常緑中木
桃	モモ	バラ科	落葉中木
揚柳・柳	ヤナギ（総称名）	ヤナギ科	落葉中木
山あぢさゐ	ヤマアジサイ	ユキノシタ科	落葉低木
吉野桜	ヤマザクラ	バラ科	落葉高木
映山紅・山躑躅	ヤマツツジ	ツツジ科	落葉低木
萩（胡枝花）	ヤマハギ	マメ科	落葉低木
黄萱	ユウスゲ	ユリ科	多年生草本

	柚子	ユズ	ミカン科	常緑中木	
	百合	ユリ	ユリ科	多年生草本	
	幽蘭・真蘭	ラン	ラン科	多年生草本	
	錦茘枝	レイシ	ムクロジ科	常緑中木	
	臘梅	ロウバ	ロウバイ科	落葉低木	
	紫蕨	ワラビ	ウラボシ科	多年生草本	
	われもかう	ワレモコウ	バラ科	多年生草本	
大正六年日記	桜	サクラ（総称名）	バラ科	落葉高木	大正 6（1917）
	杜鵑花	サツキ	ツツジ科	常緑低木	
	蘭草	フジバカマ	キク科	多年生草本	
	睡蓮	スイレン	スイレン科	多年生草本	
	蓮	ハス	スイレン科	多年生草本	
都甲太兵衛	竹	タケ	イネ科	常緑竹	大正 6（1917）
	山桃	ヤマモモ	ヤマモモ科	常緑高木	
細木香以	桐	キリ	マノハグサ科	落葉高木	大正 6（1917）
	樒	シキミ	モクレン科	常緑中木	
	杉	スギ	スギ科	常緑針葉樹	
	柚子	ユズ	ミカン科	常緑中木	
北條霞亭	桜	サクラ（総称名）	バラ科	落葉高木	大正 7（1918）
	梅・紅梅	ウメ	バラ科	落葉中木	
	黄菜	ダイコン	アブラナ科	越年性草本	
	辛夷	コブシ	モクレン科	落葉高木	
	石榴	ザクロ	ザクロ科	落葉中木	
	揚柳・柳	ヤナギ（総称名）	ヤナギ科	落葉中木	
	芙蓉	フヨウ	アオイ科	落葉低木	
	楓・槭	カエデ（総称名）	カエデ科	落葉高木	
	紫薇	サルスベリ	ミソハギ科	落葉中木	
	稲花	イネ	イネ科	一年生草本	
	木槿	ムクゲ	アオイ科	落葉中木	
	菖石	セキショウ	サトイモ科	多年生草本	
	瓜蔓	ウリ	ウリ科？	不定	
	瞿麦	ナデシコ	ナデシコ科	多年生草本	
	石竹	セキチク	ナデシコ科	多年生草本	
	あさがほ	アカザ	ヒユ科	一年生草本	
	杏	アンズ	バラ科	落葉中木	
	垂糸桜	シダレザクラ	バラ科	落葉高木	
	萱草	カンゾウ（総称名）	ユリ科	多年生草本	
	桃李	スモモ	バラ科	落葉中木	
	蓮	ハス	スイレン科	多年生草本	
	梧桐	アオギリ	アオギリ科	落葉高木	
	芭蕉	バショウ	バショウ科	多年生草本	
	松菜	マツナ	アカザ科	一年生草本	

	宮重大根	ミヤシゲダイコン	アブラナ科	越年性草本	
大正七年日記	睡蓮	スイレン	スイレン科	多年生草本	大正 7（1918）
	桜	サクラ（総称名）	バラ科	落葉高木	
大正八年日記	桜	サクラ（総称名）	バラ科	落葉高木	大正 8（1919）
	牡丹	ボタン	ボタン科	落葉低木	
大正九年日記	桜	サクラ（総称名）	バラ科	落葉高木	大正 9（1920）
	水仙	スイセン	ヒガンバナ科	多年生草本	
霞亭生涯の末一生	赤小豆	アズキ	マメ科	一年生草本	大正 9（1920）
	菜花	アブラナ	アブラナ科	一年生草本	
	梅・紅梅	ウメ	バラ科	落葉中木	
	大麦	オオムギ	イネ科	越年性草本	
	菊	キク（総称名）	キク科	多年生草本	
	くわゐ	クワイ	オモダカ科	多年生草本	
	芋苗	サトイモ	サトイモ科	多年生草本	
	鶺鴒菜	セイヨウアヤギヌ？	コノハノリ科	藻	
	薇	ゼンマイ	ゼンマイ科	多年生草本	
	大黄	ダイオウ？	タデ科	多年生草本	
	竹	タケ	イネ科	常緑竹	
	葵	タチアオイ	アオイ科	一年生草本	
	紫丁子	チョウジソウ	キョウチクトウ科	多年生草本	
	五味子	チョウセンゴミシ	モクレン科	落葉蔓植物	
	欸冬花	ツワブキ	キク科	多年生草本	
	長芋	ナガイモ	ヤマノイモ科	多年生蔓草本	
	芙蕖	ハス	スイレン科	多年生草本	
	糸瓜	ヘチマ	ウリ科	一年生蔓草本	
	紫草	ムラサキ	ムラサキ科	多年生草本	
	蕨	ワラビ	ウラボシ科	多年生草本	
大正十年日記	桜	サクラ（総称名）	バラ科	落葉高木	大正 10（1921）
大正十一年日記	桜	サクラ（総称名）	バラ科	落葉高木	大正 11（1922）～
奈良五十首（短歌）	芒・薄	ススキ	イネ科	多年生草本	
	杉	スギ	スギ科	常緑針葉高木	
	茶の木	チャ	ツバキ科	常緑針葉高木	
	蔦かづら	ツタ（総称名）	ブドウ科	落葉蔓植物	
常磐会詠草（短歌）	朝顔	アサガオ	ヒルガオ科	一年生草本	
	紫陽	アジサイ	ユキノシタ科	落葉低木	
	菜の花	アブラナ	アブラナ科	一年生草本	
	いてふ	イチョウ	イチョウ科	落葉針葉高木	
	イナボ	イネ	イネ科	一年生草本	
	梅	ウメ	バラ科	落葉中木	
	女郎花	オミナエシ	オミナエシ科	多年生草本	
	海棠	カイドウ	バラ科	落葉中木	
	柹	カキ	カキノキ科	落葉中木	

	菊	キク（総称名）	キク科	多年生草本	
	桐	キリ	ノウゼンカズラ科	落葉高木	
	苔	コケ（総称名）	コケ類	コケ類	
	桜・さくら	サクラ（総称名）	バラ科	落葉高木	
	山茶花	サザンカ	ツバキ科	常緑中木	
	芍薬	シャクヤク	ボタン科	落葉低木	
	杉	スギ	スギ科	常緑針葉高木	
	薄・すすき	ススキ	イネ科	多年生草本	
	すみれ・菫	スミレ	スミレ科	多年生草本	
	あふち	センダン	センダン科	落葉高木	
	竹	タケ	イネ科	常緑竹	
	たかんな	タケ（筍）	イネ科	常緑竹	
	海石榴樹	ツバキ	ツバキ科	常緑高木	
	撫子	ナデシコ	ナデシコ科	多年生草本	
	南天	ナンテン	メギ科	半落葉低木	
	ねぶの木	ネムノキ	マメ科	落葉高木	
	いばら	ノイバラ	バラ科	落葉低木	
	凌霄花	ノウゼンカズラ	ノウゼンカズラ科	落葉蔓植物	
	福寿草	フクジュソウ	キンポウゲ科	多年生草本	
	藤	フジ	マメ科	落葉蔓植物	
	やまぶき	ヤマブキ	バラ科	落葉低木	
	柚	ユズ	ミカン科	常緑中木	
	百合	ユリ	ユリ科	多年生草本	
常磐会詠草補遺（短歌）	朝皃	アサガオ	ヒルガオ科	一年生草本	不定
	葵	タチアオイ	アオイ科	一年生草本	
	苔	コケ（総称名）	コケ類	コケ類	
	つはふき	ツワブキ	キク科	多年生草本	
	楢	コナラ	ブナ科	落葉高木	
	合歓花	ネムノキ	マメ科	落葉高木	
	花菖蒲	ハナショウブ	アヤメ科	多年生草本	
	夕皃	ユウガオ	ウリ科	一年生草本	
その他の短歌	杉	スギ	スギ科	常緑針葉高木	不定
	梅	ウメ	バラ科	落葉中木	
	尾花	ススキ	イネ科	多年生草本	
	桂	カツラ	カツラ科	落葉高木	
	苔	コケ（総称名）	コケ類	コケ類	
	桜	サクラ（総称名）	バラ科	落葉高木	
	竹	タケ	イネ科	常緑竹	
	筍	タケ（筍）	イネ科	常緑竹	
	蓮	ハス	スイレン科	多年生草本	
	もみぢ	カエデ（総称名）	カエデ科	落葉高木	
	柳	ヤナギ（総称名）	ヤナギ科	落葉高木	

	杉	スギ	スギ科	常緑針葉高木	
	梅	ウメ	バラ科	落葉中木	
	柿	カキ	カキノキ科	落葉中木	
	松	マツ（総称名）	マツ科	常緑針葉樹	
俳句	朝顔・朝貌	アサガオ	ヒルガオ科	一年生草本	不定
	荇	アサザ	リンドウ科	多年生草本	
	菜の花	アブラナ	アブラナ科	一年生草本	
	あやめ	アヤメ	アヤメ科	多年生草本	
	梅	ウメ	バラ科	落葉中木	
	からす瓜	カラスウリ	ウリ科	多年生草本	
	菊	キク（総称名）	キク科	多年生草本	
	胡瓜	キュウリ	ウリ科	一年生草本	
	げんげ	ゲンゲ	マメ科	越年性草本	
	西瓜	スイカ	ウリ科	一年生草本	
	すみれ	スミレ	スミレ科	多年生草本	
	栴檀	センダン	センダン科	落葉高木	
	蔓	ツタ（総称名）	ブドウ科	落葉蔓植物	
	唐辛子	トウガラシ	ナス科	一年生草本	
	梨	ナシ	バラ科	落葉中木	
	萩	ハギ	マメ科	落葉低木	
	蕗・蕗の薹	フキ	キク科	多年生草本	
	木芙蓉	フヨウ	アオイ科	落葉低木	
	松	マツ（総称名）	マツ科	常緑針葉樹	
	麦	ムギ	イネ科	越年性草本	
	柳	ヤナギ（総称名）	ヤナギ科	落葉高木	

著者紹介

青木宏一郎（あおき こういちろう）

1945 年、新潟県生まれ。千葉大学園芸学部造園学科卒業。株式会社森林都市研究室を設立し、ランドスケープガーデナーとして、青森県弘前市弘前公園計画設計、島根県津和野町森鷗外記念館修景設計などの業務を行う。その間、東京大学農学部林学科、三重大学工学部建築科、千葉大学園芸学部緑地・環境学科の非常勤講師を務める。

［著書］
『江戸の園芸』ちくま新書
『江戸のガーデニング』平凡社
『江戸庶民の楽しみ』『大名の「定年後」』中央公論新社
『鷗外の花暦』養賢堂
『解読花壇綱目』創森社
『自然保護のガーデニング』中公新書ラクレ
他多数。

鷗外の花

2024 年 4 月 25 日　初版第 1 刷発行

著　者　青木宏一郎
発行者　八坂立人
印刷・製本　シナノ書籍印刷(株)

発行所　(株)八坂書房
〒101-0064 東京都千代田区神田猿楽町 1-4-11
TEL.03-3293-7975　FAX.03-3293-7977
URL: http://www.yasakashobo.co.jp

ISBN 978-4-89694-364-1